君が笑うまで死ぬのをやめない

雨城町《あまぎまち》デッドデッド

佐藤悪糖

講談社
タイガ

目次

イラスト　shimano
デザイン　坂野公一（welle design）

君が笑うまで死ぬのをやめない

雨城町デッドデッド

1章　冬が終われば春が始まる

春はあけぼの世は情け、祇園精舎《ぎおんしょうじゃ》のほととぎす――とは、安土桃山時代《あづちももやまじだい》の高名な歌人石川啄木《いしかわたくぼく》の一句である。

かの歌人が詠《よ》んだように、春とはいかにも陽気なものだ。長い冬が終わりを告げれば、桜は舞い散り野草は茂り、春一番が吹き抜ける。タンポポ大好きな俺たちがついつい浮かれ騒ぐのも無理はない。

三月末日のぽかぽか陽気の中、俺こと灰原雅人《はいばらまさと》は、新居目指して雨城《あまぎ》の街を歩いていた。

新生活。そう、新生活なのだ。

この国では十八にもなろう男は進学か就職かの選択を迫られる。さしたる向上心もないくせ進学を志した若人たちは、春よりめでたく大学生活なる浮ついた幻想へと足を踏み出すのだ。

ああ母上様、せっかくなので一人暮らしなるものを希求いたします。別にいいけどバイトはしろよ。そんな人生の大転機を経《へ》て、ついに俺は自由を手に入れた。わぁい。

「ここか」

駅から歩いて十数分。駅前の喧騒《けんそう》が立ち消えた閑静の只中《ただなか》に、俺の城は構えられていた。

二階建てアパートの二階。バストイレ付きのワンルーム。近くにはコンビニと大型スーパーがあり、少し歩けば商店街もある。これでなんとお家賃一万五千円だ。

このレベルの物件で月一万五千円ははっきり言って破格である。破格すぎて裏があるのではと勘ぐる母の声もあったが、疑心暗鬼は心貧しき者のやることだ。やはり十八にもなる男はドンと構えねばならない。杞人天憂《きじんてんゆう》を一笑に付し、俺は意気揚々と新居に向かった。

今や俺は有頂天となっていた。見慣れぬ街並みも、桜を散らして吹く風も、シリンダー錠に鍵《かぎ》を差し込む音すらも心地よい。一度下見に来たとは言えど、この瞬間のトキメキたるやインフィニティ。期待に大いに胸を膨《ふく》らませ、俺は新たな我が家の扉を開け放った。

そこに、女がいた。

部屋の中に女がいた。立ち尽くす女がいた。長い黒髪を垂れ下ろし、うつむく女がそこにいた。女は黒い服を着ていた。真っ黒でだらっとした服を着ていた。小汚い身なりの女だった。ぼさぼさの髪に荒れた肌、服も汚れてよれていた。女の顔は見えなかった。表情は長い髪がすっかり隠してしまっていた。女がいた。うつむく女が、そこにいた。

女は手に、包丁を握っていた。

＊＊＊＊＊

春はあけぼの世は情け、蛙《かわず》飛び込む法隆寺——とは、平安時代の高名な歌人ウィリアム・シェイクスピアの一句である。

かの歌人が詠んだように、春とはいかにも陽気なものだ。桜は舞い散り野草は茂り、俺たちはタンポポが大好きだ。三月末日のぽかぽか陽気の中、俺こと灰原雅人は新居目指して雨城の街を歩いていた。

新生活。そう、新生活だ。

そのはずなのだが。

「この道、歩いたことあったか？」

既視感があった。えも言われぬ既視感がつきまとっていた。

何も初めてこの街に来たわけではない。大学受験の時にも来たし、部屋を借りる時にも下見に来た。だが、それだけとは思えないほど景色に見覚えがあったのだ。

まるで数分前に歩いた道を歩きなおしているような、そんな違和感。首をひねりながらも歩き続け、俺はアパートにたどり着いた。その間も違和感はむくむくと膨《ふく》れ上《あ》がっていた。見慣れぬはずの街並みも、桜を散らして吹く風も、シリンダー錠に鍵を差し込む音すらも覚えがある。しかし答えが与えられることはなく、とにかく一度荷をおろそうと、俺は我が家の扉を開け放った。

そこに、女がいた。

部屋の中に女がいた。窓枠に腰掛けた女がいた。艶《つや》やかな黒髪を短く切りそろえ、物憂《ものう》げに外を眺《なが》める女がいた。女は赤い服を着ていた。だぼっとした赤いパーカーを羽織《はお》り、デニム生地《きじ》のショートパンツから伸びる美脚を惜しげもなく晒《さら》していた。女よりも少女と言うべきか。俺よりいくつか年下に見える女は、細い指の間にロリポップを揺らしていた。

扉を開けたことで空気が流れる。窓枠がかたりと震えた。そこで女が、振り向いた。

目があった。

「やあ」

思わぬ挨拶《あいさつ》に面食らう。俺の戸惑いなど気にもせず、女は自分のペースで続けた。

「君も懲《こ》りないね。もう痛い目には遭ったでしょう。悪いこと言わないから、ここにはもう来ないほうがいい。君が体験したそれは、幻覚だとか白昼夢だとか、そんな類《たぐ》いのものじゃない。あれは紛《まぎ》れもない現実だ。私《わたし》の言ってることわかる？」

脳が情報を咀嚼《そしゃく》するよりも早く言葉が流れていく。状況の把握に失敗した俺は、返事をすることもできずに、ただぱちくりと目を瞬《まばた》いた。

「説明が足りない？　君は実感よりも頭で判断するの？　論より証拠の証拠なら、君は身をもって体験したはずだ」

理解は遠く、疑問は形を為《な》さなかった。何が起きているかがわからない。この女が何を話しているかもわからない。それでも、何かがおかしいということだけはわかった。

生唾《なまつば》を飲む。俺にとって異常は忌避するものではない。むしろ好奇の心を強く惹《ひ》くものだ。目の前に表れた異常に惑い、俺は靴も脱がずにふらふらと部屋に入り込んだ。

「お前は、誰なんだ」

ようやく口から出てきたのは、そんな言葉だった。

女は俺の質問に答えなかった。ただ残念そうに首を振り、眉《まゆ》を落とすだけだった。

「ごめんね。これでも、忠告のつもりだったんだ」

その時、背中に灼《や》けつく痛みが走った。

重々しい衝撃と共にそれは伝わった。不思議と覚えのある感覚だった。肉と血管がぶちぶち千切られ、激痛と共に途方もない悪寒がした。死、というものを強く意識した。刺された。深く、刺された。死ぬかもしれない。唐突に突きつけられた現実は、理解よりも早く進展していった。

背中に刺し込まれたモノが抜かれる。俺は、力を振り絞って振り向いた。

そこにも、女がいた。

包丁を握る黒服の女が、後ろに立っていた。

女は血濡《ちぬ》れた包丁を大きく振りかぶった。

＊＊＊＊＊

春はあけぼの。

「……清少納言だっつの、クソが」

足早に街を歩きながら、俺は今しがた起きたことを必死に理解しようとしていた。

死んだ。死んだのだ。俺はあの女に、黒服の女に殺された。

それも一度ではない。最低でも二度は死んでいる。そしてあの女に殺されるたびに、気がつけば俺は再びこの道を歩いている。これは一体なんなんだ。

わからないことだらけだった。どうして俺の部屋に二人の女がいたのか。どうして黒服は俺を殺したのか。どうして死んだはずの俺が生きているのか。それにあの赤服は何者なのか。疑問はとめどなく湧《わ》き出《で》るも、答えを得られる由もない。

「新生活のはずだったんだけどな」

唐突に漂う死の香りは、巨大な謎《なぞ》を伴って春の街に影を落とした。

一つだけわかることがあった。赤服の女の言う通り、あの部屋にはもう行くべきではないということだ。あそこに行けばもう一度同じことが起こる。何度でも俺は痛みを味わう。そんな苦痛に耐えてまで答えを求めるくらいなら、黙って街を離れるほうがよほど賢明なのだろう。

こうなってしまっては仕方ない。見慣れぬはずの街並みも、桜を散らして吹く風も、シリンダー錠に鍵を差し込む音すらも、今となっては物々しく感じられた。

「よっす」

それはそれとして。

我が家の扉を開け放った俺は、軽快に挨拶を飛ばした。

なぜならば、決して賢明ではないこの俺は、細かいことを考えず好奇心に身を委《ゆだ》ねる生き様を誇り高く掲げているのだ。ビバ衝動。弾《はじ》けろ若さ。心のおもむくままに突き抜けろ。いぇい。

一方で、窓枠に腰掛けた赤服の女はロリポップを取り落とした。部屋の隅《すみ》にいた黒服の女は、包丁を手に立ち尽くしていた。

「ちょっと、君」

「今日からこの部屋に越してきた灰原雅人です。対戦よろしくお願いします」

「そうじゃなくて！」

焦った顔の赤服は、裸足《はだし》のまま玄関から俺を押し出す。後ろ手で荒々しく扉を閉めて、勢いのままにまくし立てた。

「なんでまた来たの⁉　私もう来るなって言ったよね！　死ぬの⁉　死にに来たの⁉」

「なんかいける気がした」

「なんかいける気がした⁉」

絶叫に等しかった。アパートの共用部分で出していい声量ではない。社会的道徳観念に長《た》けた俺は、周囲に気を遣って彼女にクールダウンを求めた。

「まあ落ち着けよ。あそこのタンポポでも見ろって。お前も好きだろ、タンポポ。なあ？」

「人が！　死んだんだよ！　人っていうか君が死んだの！　もう何回も死んでるの！　気づいてないわけじゃないでしょう⁉」

願いは聞き届けられなかった。俺は諦《あきら》めた。社会的道徳観念はまた今度にしよう。

「そりゃ気づいちゃいるけどさ。今も元気に生きてるじゃん」

「それは私が巻き戻したからであって……。ああもう！　あのね、私の話をよく聞いて。

君が死んだのは本当なんだ。この部屋に入ればもう一度死ぬことになる。痛くて辛《つら》い死に方をする。だからもう、ここには来ないで」

「そんなこと言われてもなぁ」

「そんなこと!? 今そんなことって言った!?」

赤服は顔を真っ赤にして怒った。美人と呼ぶには歳《とし》が足りないが、もう少しあどけなさが抜ければ端麗な顔立ちになるだろう。彼女の将来は有望だ。

「とにかく、ここじゃ落ち着いて話もできない。一回中に入ろうぜ」

「私の話聞いてた?」

「あー、わかったわかった。なら喫茶店でも探すか。俺今日越してきたばかりなんだけど、この辺でいい店知らない?」

赤服の女はむっすりと黙り込んだ。冗談はいい加減にしろと、顔で語っていた。円滑なコミュニケーションはかくも難しい。どうしたものかと俺は頭を悩ませた。

「なあ、あんた。名前は」

自己紹介はコミュニケーションの一歩目だ。女は俺を睨《にら》みながら答えた。

「サンタクロース」

「サンタクロース?」

「そう、サンタクロース。今でもそう名乗る資格があるのなら」

大変に機嫌の悪い赤服の女は、腕組みをして不思議な名乗りをした。

＊＊＊＊＊

サンタクロースとは、クリスマスの夜に現れる赤服の老人である。

聖ニコラウスの伝説を起源に生まれたとされるそれは、莫大《ばくだい》な数の荷物を担いで超音速で世界を駆け巡り、なんと一夜の内に世界各国のよい子たちにプレゼントを届けるのだ。

一体どのようにそれを成し遂げているのかは不明だが、その超常的な異能から昨今では北アメリカ航空宇宙防衛司令部《NORAD》もかの存在を追っているらしい。

そんな異能の存在たるサンタクロースだが、俺はかの者とちょっとした因縁《いんねん》があった。

俺がまだ小学生だったある年、クラスメイトの一人にサンタクロースが訪れなかったのだ。

その少女は、やんちゃ坊主《ぼうず》だった俺たち男子よりも圧倒的によい子であることは誰の目からも明らかだった。一体どうしてサンタクロースは彼女にプレゼントを渡さないのだろう。当時の担任は家庭の事情だと説明していたが、当然ながらそんなわけのわからない理屈で納得できるはずがない。サンタクロースの評価基準に強い憤りを覚えた俺は、男子総出でサンタクロースの正体を突き止めて訴状を上げることを決意したのだ。

しかし俺たちの懸命な努力は実を結ばず、サンタクロースの正体を突き止めることは叶《かな》わなかった。結局手作りのプレゼントを彼女に渡すことでその場は収まったが、あの冬の出来事は敗北の記憶として俺の中に今でも強く焼きついている。あの日から十年、俺はずっとサンタクロースの影を追い求めてきたが、その正体は今も謎に包まれたままだった。

しかし、そんな神秘のヴェールに包まれた存在が、今こうして俺の前に座っていると来たものだ。筆舌に尽くしがたい驚きがあった。

「ねえ。今の話、本気で言ってるの?」

当たり前じゃないか。俺は自信をもって頷《うなず》いた。

「後でその子から告白とかされなかった?」

「なんでわかった?」

「で、ことわったんでしょ。友だちと遊ぶほうが楽しいとかなんとか言って」

「なんでわかった⁉」

さすがはサンタクロースと言うべきか。まるで見てきたようにものを言う。彼女が持つ恐るべき異能が伊達《だて》ではないことを、俺は身をもって知ることとなった。

「その子の名前、教えて。あの時は行けなくて悪かったって謝っとく」

サンタクロースは多分に複雑な面持ちで、メロンソーダを舐《な》めていた。

俺たちは近場の喫茶店に落ち着いていた。なんとなく目に付いた以上の意味はなかったが、いざ来てみると中々にアクの強い店だった。一見ログハウス風の喫茶に見えるが、店内の壁には敵将首のように完食記念写真がごろごろと飾られている。学生向けのデカ盛りメニューで鳴らしているようだ。

「ご飯を食べに来たわけじゃないんだけど」

「なあ。この鍋《なべ》ごとカルボナーラってやつ、食ってみね？」

聖ニコラウスのコスプレ女は相変わらずふてくされていた。

「おいおい、そんな顔すんなよ。今日は俺たちが出会った記念すべき日だろ？　今日という日を飾るには、カルボナーラの白はぴったりだと思わないか。なあ？」

「そうだね。私そろそろ帰るから、お支払い置いていくね」

彼女はためらいなく立ち上がる。俺はとっさに彼女の手を取った。一瞬に交差した目の色は、限りなくマジだった。

「あの部屋についての話をしよう」

「最初からそう言いなさい」

「あと、ここの払いは俺が出す」

「やかましいわ貧乏学生」

彼女は再び席に座り、俺の手を払い落とした。緒戦はまずまずといったところか。というか、この女はどうして俺の懐《ふところ》事情を知っているのだろう。ともすれば彼女は俺の注文から何かしらの情報を嗅《か》ぎ取《と》ったのかもしれない。ウエイターさんが盛大な苦笑いと共に供してくれた自家製ウォーターのロックで唇《くちびる》を湿らせつつ、シャーロック・ホームズのように鋭い瞳《ひとみ》で俺は推理を吟味した。

「で。なんで俺は死んだんだ？」

気になることは無限にあるが、まずはそこからだった。

三つ子の魂百までと言うが、俺という人間は少年の頃から何一つとして変わらない。一度好奇心が騒ぎ立てれば、とにかく突き進む悪癖は今も昔もそのままだ。たとえ自分が死んだとて、気になってしまったのだから仕方ない。我が身を衝《つ》き動《うご》かす猛獣めいた好奇心を抑えることなど、生まれたその日に諦めた。

「なんで死んだかって言われても、それこそ意味なんてないよ。君はあそこに来た。だからあの子は君を殺した。因果《いんが》なんてそれしかない」

「そうだな。質問は色々あるが、最初にこれを聞いておこう。因果ってなんだ？　サンスクリット語か何か？」

「日本語だ」

俺はサンタにことわって、因果の意味をスマホで調べた。なるほど因果とは原因と結果のことらしい。俺があそこに行ったことが原因で、結果として俺は死んだと。だから、つまり、ええと……どういうことだ？

「なるほど完璧《かんぺき》に理解した。つまりあの女は俺を殺したってことだな！」

「猛烈に帰りたくなってきました」

「まあ待てって。もうちょっと教えてくれたっていいだろ。できるだけわかりやすくて易しい言葉で」

「君のその無駄に素直な姿勢だけは高く評価します」

褒められた。やったぞー。

サンタクロースはこほんと咳払《せきばら》いをする。ふてくされた態度を一度沈めて、あくまでも義務的に説明を並べた。

「あの子はね、悪霊というのが一番近いのかな。今となっては目についたものを手当たり次第に殺して回る、そういったものになってしまった。理解はしなくていいよ。ただ、そういうものだと覚えておいて」

「悪霊？　幽霊だって？　あの女が？」

「えーっと、そこは説明が難しいんだけど……。君が想像する幽霊とはちょっと違うと思う。あの子はもう生きてないんだけど、だからって死んだわけじゃない。ただ止まってしまった人間の成れの果てとでも言うのかな。変な説明で悪いけど、これで納得してほしい」

ためらいがちに口が閉じられる。どうにも要領を得ない言葉だった。

よくわからないが、あの女は俺の常識では計りえないものらしい。それで納得しろと言うのも強引だが、そう言われてしまっては仕方ない。そもそも世の中ってやつは不思議なものでいっぱいだ。二次方程式の解の公式なんてものが存在するくらいなのだから、幽霊がいたっていいだろう。

「じゃあ次の質問。サンタクロースって名乗ってたけど、ぶっちゃけ何者なん？」

この質問は彼女を大きく困らせてしまった。あー、だとか、うー、だとか、何度もうめき声を漏らした彼女は、すっかり眉を落として恨みがましく混ぜ返した。

「何者って言われてもな。逆に聞くけど、君は自分が何者かと問われて正確に表現することができるの？」

「灰原雅人。この身に満ちる若き情熱を、無駄と徒労に費やすことを惜しまない新進気鋭のフレッシュな馬鹿《ばか》だ。文句があるならわかりやすい言葉で言ってくれ」

「燦然《さんぜん》と切り拓《ひら》かれた開き直りの新境地に不覚にも感動を覚えました」

それで、お前は何者なんだ。目で問うと、彼女は首を振ってため息をついた。

「私が何者か、ね。さっきも言ったけど、ここしばらくはサンタクロースって名乗ってた。君にとって重要な情報だけを述べるなら、ちょっとだけ時間を操ることができます。それ以外は、まあ、ご想像にお任せで」

言葉を選んでいる様子は見て取れた。詳しく触れてほしくなさそうだ。気にはなったが、俺だって痛い腹を探らないくらいの気遣《きづか》いはできる。

「ふうん、能力者《ソーサラー》ね。それも時空異能《クロノス》か……。機関《ルインズ》にいた頃に資料《レコード》で読んだが、実物は初めて見たな」

「私はその能力者も時空異能も機関ってやつも何一つとして聞いたことがないんだけど」

「そりゃそうだろ。当時中学生だった従兄弟《いとこ》の晴希《はるき》くんが考えたんだから」

「それ晴希くんに会うたびにからかってそう」

「よくわかったな」

「忘れてあげなよ」

わかったことは二つだけ。彼女はサンタクロースであり、時間を操ることができるらしい。それ以上の情報はすっかり秘匿されてしまい、深追いは功を奏さないだろう。

これは大変に困った事態である。最近ハマっていることも、お気に入りの歌手も、好きな古生代の動植物も言わないのなら、どうやって話を広げればいい。しばらく考えても打開策は浮かばなかったので、俺は雑談を諦めて核心に踏み込むことにした。

「なあ。アノマロカリスについてどう思う？」

「アノマロカリスについてどう思う⁉」

なるほどね。俺は意味ありげに頷いて、次の質問へと移った。

「その能力で時間を巻き戻して、俺を生き返らせたのか？」

「ええ……？　いや、そうだけど。さっきの質問は何だったの？」

「なんで俺は巻き戻ったことを覚えてるんだ？」

「普通に進めるんだ……。えっと、君の死を軸にして巻き戻したからっていうのが答えになる。細かい原理は、たぶん、説明してもわかんないと思う」

「その能力は普遍的なものなのか？」

「ううん。あんまりないんじゃないかな」

「時間を巻き戻す以外にもできることはあるか？」

「やろうと思えば、止めたり進めたり飛んだり色々できるけど……。ちょっと待って。君さ、急に質問が具体的だけど、何か聞きたいことがあるんじゃない？」

察しのいい女だ。俺はどうしても彼女に聞かねばならないことがある。声を潜めて、俺はもっとも肝要なことを切り出した。

「引っ越し荷物の受け取りが五分後なんだ。よかったら時間止めてくれないか……？」

「知るか」

「そこをなんとか」

「それくらい自分でなんとかしなさい」

取り付く島もなかった。人間たるもの時よ止まれと願うことは一度や二度ではなかろうが、俺はそれが今だったのだ。しかし矮小《わいしょう》な人間に時の流れをせき止める術はない。なれば人には何ができるのだろう。うんうんと考えた末に、俺は起死回生の一手を閃《ひらめ》いた。

「荷物の受取場所は俺の家だ。きっと宅配のお兄さんは黒い女に出会うだろう。となると、お兄さんは一体どうなっちまうかなぁ？」

「中に入らない限りあの子は誰かを襲ったりはしないよ」

「いやでも、ほら。偶然黒い女が外に出たタイミングで出くわしたりとか」

「あの子は自分から部屋の外に出たりしない」

「……たまたま封印が解けたりしてるかも」

「封印なんてないよ。あの子はただ外の世界が嫌いなだけ。引きこもりなの」

なんたることか。万策尽きた。人の世は無情である。俺は悔恨の涙をさめざめと流した。

「君さ、他人の命を盾にするってどうなの？　人として恥ずかしくないの？」

「違う。俺はただ宅配のお兄さんの身を案じたまでだ。彼の安否が確認できて、今心の底から安堵《あんど》している。これは嬉《うれ》し涙《なみだ》だ」

「あ、そう」

「信じて」

「やだ」「やだかー」

打算があったのは否定しないが、半分は本心であった。今日も今日とて天下泰平、世は事もなく過ぎていく。誰も死なずに済むというなら、それは幸せと言っていいのだろう。ただ、俺が荷物の受け取りを逃しただけの話である。

「まだ走れば間に合うかもよ。行ったら?」

「いや、それはいいんだ。それより今はあんたと話がしたい」

「私はそろそろ帰りたい」

「まあそう言うなって。もうちょっとだけ付き合ってくれよ」

実はもう一つ聞いておきたいことがあるのだ。互いに多忙な身ではあるが、ここで会ったが百年目。聞かぬは一時の恥とも言う。これでも俺は国語の成績だけは三だった。ことわざの使い方には絶対の自信がある。

「お前さ。なんでこんなことしてるんだ」

見えないのだ。動機が。どうしてサンタクロースが、こんなことをしているのかが。

「なんで俺を蘇《よみがえ》らせたのか、って言うと質問が悪いな。聞きたいのはなんで黒い女の犠牲者を蘇らせているのかだ。どうしてあんたはこんなボランティアじみた真似《まね》をしている? あの黒い女は、お前にとって何なんだ?」

束《つか》の間《ま》、彼女は答えをためらった。先ほどのように答えに迷っている様子ではない。言うべきか、言わざるべきか。鋭い視線が俺を見定めようとしていた。

やがて小さく咳払いをして、彼女はまっすぐに俺を見た。冷たく定まる瞳には、強い意志が灯《とも》っていた。

「あの子はね、私の失敗そのものだ」

答えはする。だが、触れることは許さない。そんな口ぶりだった。

「それ以上は、君には関係のないことだね」

言葉以上に強い拒絶であった。踏み込むならば傷つけることも厭《いと》わないと、言外に彼女は言っていた。しかしそれは、強さゆえのものとは思えなかった。まるで手負いの獣のようだ。傷ついた体に触れさせるものかと虚勢を張る時、人はこんな顔をする。

「そうかもな」

彼女の言うことはもっともだ。サンタクロースと黒い女が抱《かか》える事情について、俺はまったくの部外者だ。超常の要素すら帯びる事態に、ただの大学生が関《かか》わることの無謀さも想像がつく。しかし、それらの諸要因に、俺を止めるだけの力はなかった。

「でも俺は、そんな目をしているやつを見て、無関係だなんて言えるほどお利口さんじゃねえんだよ」

この時俺は、少年の頃に過ぎ去ったあの冬の日を思い出していた。

あの少女もそうだった。クリスマスに沸く教室で、一人だけが口を結んでうつむいていた。彼女の友人が事情を聞いても何も答えず、周りが事情を察するほどにますます縮こまって周囲を拒絶した。辛そうな顔を必死に隠して、大丈夫だからと虚勢を張って。あの頃の俺には彼女の事情を理解できなかったが、あの子が辛い思いをしていることだけはよくわかっていた。

だから、だ。理由なんてものはそれだけあれば十分すぎた。体だけデカくなった今になっても、それ以上のものが必要だとは思わなかった。

「言えよ。力になる。俺が絶対なんとかしてやる」

サンタクロースは顔をしかめる。不信の心をますます強めて、彼女は俺を拒絶した。

「君に何ができるんだ」

「知らん。だが俺はやるぞ」

「君のために言っている。そんなことをしても、無駄に傷つくだけだ」

「それがどうした。言っちゃなんだが俺は馬鹿だ。馬鹿は無敵を意味する言葉だぞ」

「私はこんなこと望まない」

「俺がこれを望むんだよ」

堂々巡りの言葉の中で、彼女は小さくため息をついた。どうやっても俺は譲らない。となれば、彼女はきっとこう言うだろう。

「……実際に痛い目見ないと納得できないの？」

俺はにやりと笑った。

危ないからでおとなしく引き下がるほど、俺は大人になってない。少年だった頃の灰原雅人が、胸の内でにやにやと笑っていた。

＊＊＊＊＊

喫茶店を後にした俺たちは、再びあの部屋へと向かっていた。

サンタクロースは道すがらに様々な抵抗を見せた。やっぱりやめようと言ってみたり、引き返すなら今のうちだぞと脅してみたり、かと思えば大きなため息をついたり。後悔と葛藤《かっとう》が存分に入りまじったその様を、彼女は実にシンプルな言葉でまとめてみせた。

「なんでこんなにやる気なんだこの人……」

「気にすんな」

「君はもっといろんなことを気にしろ」

サンタクロースは目頭を押さえた。感極まったのかもしれない。

「あのね、もう一度言うけども。あの部屋に入ったら君は死ぬ。それはもう間違いない。嫌だって言うならここで引き返してもいいんだよ。て言うか、お願いだから引き返そうよ。無駄に死ぬことないじゃない」

「大丈夫だっつの。多少死んだくらいで死ぬわけじゃないんだから」

「死ぬっつってんだろ保育園からやりなおせ」

あー、保育園からやりなおしてえなあ。あの頃の俺はきっと誰かに愛されて生きていた。それがどうよ、今となっては俺を愛してくれるやつなんて、夏場の蚊と二十九歳未亡人の久光《ひさみつ》さやかさんしかいない。久光さん、元気にしているだろうか。数年前に主人がオオアリクイに殺されたと言っていたので、三日三晩考えた末に励《はげ》ましのメールを送ったのだが、返事は未《いま》だに来ていない。

「もちろん死んだら巻き戻してあげる。でも、それは君の経験をなかったことにするわけじゃない。痛くて辛くて苦しかった記憶はなくならないの。本当に大丈夫？」

「逆に聞こう。なぜ俺が大丈夫じゃないと思ったんだ？」

「馬鹿だから」

それについては異論はない。

いよいよもって俺は自室へとたどり着いた。なお、アパートの共用部分に備え付けの郵便受けに入っていた不在票は、俺のメンタルを打ちのめすには十分すぎるほどの効果があった。この世に生を受けて十八年、一度たりとも欠かすことがなかった大いなるオフトゥンの温《ぬく》もりを、今夜ばかりは享受《きょうじゅ》できないのである。そんな途方もない喪失感と共に俺はドアノブを手にとった。

「なんかラーメン食いたくなってきたな」

「君情緒どうなってんの？」

サンタクロースの冷たい声に屈することなく、俺は扉を開け放った。

あいも変わらず、そこに女がいた。黒服の女が立っていた。

「よう。さっきぶりだな」

黒服の動きは緩慢だった。蝿《はえ》が止まるほどにゆっくりと首を回すと、ひたと一歩を踏み出した。地を這《は》うように、粘《ねば》ついた歩みでじわりと這い寄る。その手には、鈍《にぶ》く錆《さ》びた包丁がゆらゆらと揺れていた。

「自己紹介からやりなおそうぜ。俺の名前は灰原雅人。今日からこの部屋に住むことになっている。つっても、先住民がいるとは思ってなかったけどな。安心しろよ、農場で砂糖やタバコを作らせるような関係は望んじゃいない。ただちょっとお友だちになりたいだけなんだ。わかるだろ?」

黒服はひたひたと歩み、ある一点で踏み込んだ。

ずん、と重々しい衝撃。深い痛みが熱を伴って腹を貫《つらぬ》いた。ドラマなどで刺された人が即座に血を吐《は》く表現があるが、あれは嘘《うそ》だと聞いたことがある。確かに刺されれば胃の中に血が充満するが、とっさにそれを逆流させるような反射作用を人間は持ち合わせていない。今回俺は身をもってそれを証明することになったわけだが、そんなことに気を回す余裕はなかった。

「ちょっと、ハグが情熱的すぎかもな」

肺を動かすだけで途方もない痛みが走る。女は、肉でも斬《き》るかのように包丁を抜いた。

そして、もう一度振りかぶった。

＊＊＊＊

記憶の不連続を脳が整理する一瞬の幻惑。頭を押さえて、浅い呼吸を繰り返して、目を瞬く。アパートの前だった。俺はまだ扉を開けていなかった。照りつける春の日差しは柔らかく、春風は軽快に吹き抜けていった。

「なるほどね。ボス戦の前からやりなおさせてくれるやつじゃん」

時間の巻き戻しはサンタクロースが手動でやっているものだと聞いた。素敵な気遣いにいいねを百回叩《たた》こうとしたが、それをやった当の本人は気遣うような顔をしていた。

「大丈夫?」

「見りゃわかんだろ」

「無理しなくていい。君は死んだんだ」

それは、まあ。苦痛がなかったと言えば嘘になる。しかし喉元《のどもと》を過ぎた熱さは忘れることにしているのだ。未来溢《あふ》れる若者には、過ぎ去った痛みに身を捩《よじ》るような暇はない。

「んなことより、どうするかだ。あいつ、思ったより難物だな」

「気が済むまでやる気だこの人……」

「そりゃそうだろ」

さて、足りない頭を絞る時が来たようだ。目につくものを手当たり次第に殺す悪霊と言っていたが、確かに話が通じるタイプには見えない。正攻法はダメそうだ。ならばどうすればいい。俺はたっぷり二秒もの時間を思考に費やした。

「なあ。さっき俺が死んだことって、あの黒い女も覚えてたりする？」

「そうだね。巻き戻った人間の死に関わった人は、基本的には記憶を保持している。あの子も全部覚えているはずだ」

へえ、覚えてるのか。それならやりようはありそうだが、一つ気になることがあった。

「だったらさ、たとえば人通りのど真ん中で黒い女が俺を殺すとするじゃん。そうしたら、それを見た全員がタイムループを認識するのか？」

「前提に無理がある気がするけど……。たまたま見た大勢の内の一人だと関係性が足りないから、ほとんど覚えていられないよ。路地裏で死ぬ様を一人だけが見ていた、とかなら別だけど」

本題とは逸《そ》れるが気になってしまった。詳しい説明を求めると、サンタクロースは懇切丁寧に話してくれた。

「えっとね、記憶保持の仕組みの話なんだけどね。巻き戻された時間軸で起きた出来事は大きな時間軸に全《すべ》て記録されるんだ。この時間軸は私でも巻き戻せない、言わば世界の記憶みたいなものだと思ってほしい。その世界の記憶から今の時間軸に記憶を引き継ぐためには、『巻き戻りの軸になる人間の死』との間に焼きついた高強度の関係性が必要になるの。関係性という地図を使って、記憶に至る道筋を辿《たど》るっていうイメージなんだけど、わかるかな。関係性が曖昧《あいまい》だと記憶までたどり着けないし、しっかりした関係性があれば覚えていることも多いってことね。私も関係性の強度には多少介入できるから、その気になれば誰かに多めに記憶を覚えさせたり、逆に関係している人間の記憶を薄めたりすることもできる。他人のプライバシーを直接いじるようで、あんまり気乗りはしないけど。大体そんな感じなんだけど、ご理解いただけました？」

「ご理解いただけるわけがない」

「……まあ、こっちでうまい具合にやるから、あんまり気にしなくていいよ」

半分どころかほとんど理解できなかったが、まあいいや。大切なのは黒い女が記憶を持っているということだ。記憶があるなら意識のほうにも期待できそうだ。あの殺意に溢れた無表情の裏に人間的な感情があるならば、そこが突破口になるのかもしれない。

「よし、決めた」

「どうするの？」

「どうせ考えてもわからないし、とりあえずもっかい行ってくる」

「ああ、そうなの……」

ぱしんと頰《ほお》を張る。こういうのは足を止めたら負けなのだ。ほら、国歌でも歌っているじゃないか。雨だれは石を穿《うが》つ的なサムシング。何かが違ったかもしれないが、やがて巌《いわお》となる男として細かいことは気にしないことにした。

＊＊＊＊

扉を開き、俺はにやりと笑った。

「よう、そろそろ仲良くなれたんじゃないか？」

黒い女はためらうことなく俺を殺した。

＊＊＊＊

扉を開き、俺は彼女を優しく抱きしめた。

「もういいんだ、こんなことしなくたって。全部わかってる。……辛かったんだよな」

黒い女はためらうことなく俺を殺した。

＊＊＊＊＊

扉を開き、深刻な面持ちで俺は言った。

「なあ、俺のことがわかるか？　そうだよ、お前のお兄ちゃんだ」

黒い女はためらうことなく俺を殺した。

＊＊＊＊＊

扉を開き、俺は情けなく倒れ込んだ。

「やめろ……！　金なら払う！　頼む、殺さないでくれ！」

黒い女はややためらってから俺を殺した。

＊＊＊＊＊

扉を開き、俺は中国武術の構えをとった。

「さて、そろそろどっちが強いか決めようじゃないか……」

彼女は呼応するように包丁を構えた。しばしの睨み合いの後、俺は気迫を込めた雄叫《おたけ》びを上げ、黒い女は包丁を振って俺を殺した。

＊＊＊＊＊

扉を開き、俺は軽い足取りで黒い女に近寄った。

「ここで問題。今何回目？」

黒い女は指を五本立てた。俺は満面の笑みで不正解を告げた。怒った彼女は包丁を投げて俺を殺した。

＊＊＊＊＊

扉を開き、俺は人間ができる限界ギリギリの奇っ怪な動きで彼女の元へと駆け寄った。

「うひょおおおおおおおおおおおおおおおおお」

彼女は機敏に飛《と》び退《の》いた。

「あびゃあああああああおんぎゃあああああああああああああああ」

黒い女はしばらく動揺していたが、俺が彼女の目の前に陣取って名状しがたき狂気の舞いを繰り出すと、いよいよもって俺を殺した。

＊＊＊＊＊

巻き戻った直後、俺は確信と共に頷いた。

「よし、この路線で行こう。サンタクロース！　銀色の全身タイツを買いに行くぞ！」

「お願いだからそれだけはやめてあげて」

本気で嫌そうな顔だった。本気で嫌そうだった。本気で嫌そうにサンタは言った。

「本気で嫌なんですけど」

「お、おう」

「本気で嫌なんですけど！」

「わかった、わかったから」

彼女は両手を固く握りしめてぷるぷると震えていた。これまでで一番の反抗だった。押しに弱くてちょろい奴《やつ》の評価を獲得しつつあった彼女の、渾身《こんしん》の自己主張だった。

「もういい加減諦めてよ。無理じゃん、ただ何回も死んでるだけじゃん。しかも途中から遊びだすしさあ。なんなの？　君なんなの？　なんで私はこれにつきあわされてるの？」

「いや、すまん。つい楽しくなっちゃって」

「自分の命で遊ぶなばかー！」

サンタクロースがぷりぷり怒りだすので、俺は方針を改めざるを得なかった。

うーむ、もう少しで仲良くなれそうなのに。ようやく黒い女から人間らしい反応を引き出せるようになってきたのだ。鍵となるのは本能に訴えることなのだろう。しかし、恐怖の路線から本能にアプローチをしかけるのはもの言いが入ってしまった。となると別の手だ。

「やはり、ここはエロしかないようだな」

「あんた何言ってんの？」

「いいか、次の作戦はこうだ。これから俺は半裸で部屋に突入する」

「……それで？」

「下も脱ぐ」

グーで殴られた。

すっかり目が据わったサンタクロースをなだめるのは大変だった。もう二度と奇行に走らないと約束するまで、彼女は怒ったり訴えたり諭《さと》したりした。もっとも頻出したワードは「親御さんが泣くよ」だったが、これくらいで泣くようなら俺の実家は水没している。

「わかった、もう、わかりましたから。まったくもう……。私が話をつけてきます。だから灰原さんはもう何もしないでください」

「話って、つけられるのか？」

「そりゃあね。あの子、私の言うことならちょっとは聞くし」

だったら最初からそうすればよかったのでは。口には出さなかった。けれど、彼女には伝わったようだ。

「君が折れることに期待してたんだよ。何回か死んだら諦めるかなって。でも、もう、これ以上は見てられない」

「俺はもっと見てほしい。段々気持ちよくなってきた」

「やかましいわ。終わりだ終わり」

何度目かのため息をついて、サンタクロースは扉を開く。果たして黒い女はそこにいた。あいも変わらず、包丁を手にゆらゆらと揺らしながら、垂れおろした長い髪にすっかりと顔を隠していた。女はじっと俺たちを見ていた。いや、正確には俺を、だ。黒い女は無言のまま包丁を俺に向け、俺はいつでも脱げるように自分のズボンに手をかけた。

「そんなもの人に向けないの。ほら、危ないでしょ。灰原さんも変なことしないって約束したよね」

「変なことじゃない。これは臨戦態勢というやつだ」

「じゃあそれもやめて」

サンタは黒い女にてくてくと歩み寄って、あっさりと包丁を取り上げた。黒い女の手が所在なく揺れる。サンタクロースは女の頬に手を当てて、がっちりと目を合わせた。

「ふらみょん。私の声、聞こえる？」

ふらみょんは頷いた。

「もう何度も言ったことだけど、君がやっていることに意味なんてないんだ。こんなことをしても誰も救われない。ただ痛くて辛いのを撒《ま》き散《ち》らすだけなんだよ。今となっては、君はそこにこそ己を見出《みいだ》すのかもしれない。だけど、私は、何度だってそれを否定します」

黒い女はサンタの手を乱暴に払いのけ、包丁を奪い返した。女が放つ殺意が膨れ上がる。ただ一つ、殺すという意思だけを明瞭《めいりょう》に、軋《きし》むほどに包丁の柄《え》を握りしめた。

サンタクロースは落ち着いた口ぶりで続けた。

「私は何もかもを間違えてきた。今になっても、どうすればよかったのかなんてわからない。だけど、これは違うってことははっきりわかる。だから……。どうすればいいのか、もう一度一緒に考えてほしい」

女は既にサンタクロースを見ていない。包丁の切っ先は俺の首筋に向けられていた。突き刺さる純黒の激情。美しさすら感じるそれは、しかし俺をも見ていない。そこに執念はなく、あるのは塗り固められた殺意だけ。きっと、彼女は灰原雅人を殺したいわけではない。彼女は、ただ、人を殺したいのだ。

「少なくとも。何回その人を殺しても、あの子は帰ってこないでしょ」

女は、動きを止めた。

刃を構えたまま微動だにせず、しかし黒々とした瞳だけは絶えず俺を見続けていた。上から、下まで。余すところなく。透き通っていた殺意はさざなみのように引いていき、入れ替わるように強い感情が灯っていく。あまりにも直情的なそれは、怒りだとか悲しみだとかでは言い表せない、渦巻く闇《やみ》の形をしていた。

「灰原さん」

サンタに促《うなが》されて俺は前に出る。自分が何をするべきかはわかっている。こういう状況ですべきことなんて、俺が知る限り一つしかない。襟を正して覚悟を決め、片膝《かたひざ》を付いて黒い女の手を両手で包み込む。細く、筋張って、ガサガサに荒れた、冷たい手だった。

「なあ、あんた」

俺は彼女の手を強く握った。今しかない。そう思った。

「結婚してくれないか」

黒い女は俺を殺した。

＊＊＊＊＊

「なんでそうなるの⁉　なんでそうなっちゃうの⁉　ねえ、馬鹿なの⁉　馬鹿なんだよね⁉　ばーかばーか！　あほー！」

巻き戻った後で、サンタクロースはぷりぷりに怒っていた。

俺たちは相変わらず部屋の中にいた。黒い女はそれぞれの手に一本ずつ包丁を握り、部屋の隅で見敵必殺の構えを取っていた。マジ顔ダブルナイフ。寄らば斬ると言わんばかりの気迫をひしひしと感じる。元気そうで何よりだ。

「おい！　ばか！　聞いてるの⁉」

「いやまあ、待て。落ち着けって。これには理由があるんだよ」

「やかましいわ！　どんな言い訳があればあんなことができるんだ！」

「確かに。考えてみると特に理由なんてなかったわ」

「ちょっとは言い訳をしろばかー！」

支離滅裂である。彼女は怒ったり怒ったり怒ったりした。感情表現が豊かな子だ。

「そんなに怒るなよ。俺が馬鹿なのは今に始まったことじゃないだろ」

「誠に遺憾ながらその通りなんだけど、開き直られると腹が立つ」

「いろんなことを諦めながら仲良くやろうぜ。な？」

「お願いだからもう帰ってよぉ……」

サンタクロースはいよいよ泣き出した。この子のこういう顔がみたいから、ついついいじめたくなってしまうのだ。

「なあ。ふらみょんとやら」

見た目にそぐわぬ名で呼ぶと、黒い女は俺を見た。

「お前らの事情ってやつは何一つわかんないけどさ。お前が俺を殺せば、なにかがよくなるのか？」

反応はなかった。彼女は微動だにすることなく、ただ殺意だけを放っていた。

「別に煽《あお》ってるわけじゃねえぞ。俺はお前に協力したいと思っている。そのために死ねって言うなら、十回でも百回でも付き合うぜ」

女は沈黙を守ったまま、ぺたりと一歩俺に近づいた。両手の包丁をゆったりと持ち上げ、俺の首を挟み込む。刃先が小さく揺れると、首の皮が一枚浅く傷つけられ、血管から噴《ふ》き出《だ》した血が珠《たま》となってこぼれ落ちた。

「いてーんだけど。殺さないのか」

黒い女は動かない。向けられる殺意が徐々に和らいでいき、しばらくの後に彼女は刃を下げた。首筋を触る。ピリとした痛みが走り、俺の手にはべったりと赤い血がついた。

「ねえ……。灰原さん。どうして君は、そんなこと、言えるんだ」

サンタクロースは当惑を漏らす。彼女の声は震えていた。

「どうして君がそこまでやる。はっきり言うけど、君は赤の他人じゃないか。そんな風に命を張る理由なんてどこにもない。ただ、黙って立ち去ったほうが君にとってもいいはずだ」

「んなことねえだろ」

そんなにわからない話をした覚えはないのだが。薄々感じてはいたが、俺と彼女とでは考え方が根本的に違う。楽観主義と悲観主義、性善説と性悪説、大阪府民とそれ以外の全てのように、ものを見る目がまるで異なっていた。

「赤の他人とは言ってくれるじゃないか。互いの顔を知ってからかれこれ二時間は経《た》ったんだ。もはや親友と呼んでも過言じゃないだろ」

「誰が聞いても過言だよ」

「勘弁してくれよな。俺がお前らの力になりたいって言うのは、そんなに変なことか?」

「想像を絶する変なことだよ」

俺と彼女の違いを一つ見つけた。考えの前提が大きく異なるのだ。俺にとってはとても当たり前のことが、彼女の内からはすっぽりと抜け落ちていた。

「あのな、よく聞け」

「なにさ」

「誰かの助けになりたいって思うことは、何一つおかしなことじゃねえぞ」

それはお前も知っていることなんじゃないか、サンタクロース。正論のど真ん中を投げ込むと、彼女は大きくたじろいだ。

「それは……。私も、そうあってほしいって、思ってたけど……」

しばらくうごうごと迷った末に、彼女は恨めしそうに言葉を漏らす。

「……君は、自分が死んでもそうするの？」

「自分にできる範囲のことで、だ。生き返れるんだろ？ なら別に、死ぬくらいどうだっていい」

「じゃあ、もし私が、もう生き返らせないって言ったら」

「それなら死なない範囲でできることを探す。俺はもう、お前らに関わるって決めたんだ」

彼女はすっかりうつむいてしまった。絞り出すように出てきた言葉は、恨み節のようにも、悔《くや》し紛《まぎ》れのようにも聞こえた。

「急に、正論を言うのは、ずるいです」

「アホなこと聞くからだ」

少しして顔を上げた彼女は、少しだけ期待を込めた目で俺を見ていた。

＊＊＊＊＊

その後もいくつかやり取りがあったが、結果として俺たちは和解にこぎつけた。

黒い女はひとまず俺を殺すことをやめた。今は部屋の隅に座り込み、じっと虚空を見続けている。正式にこの部屋の居住権を得た俺も、対角の隅に座り込んで虚空を見ている。

俺とふらみょんの間に挟まれたサンタクロースは居心地悪そうにそわそわとしていた。

「あの、これは一体どういう遊び？」

「行動を模倣することで共感性を得て、距離を縮めようと試みている」

「私との距離は毎秒単位で離れていることにお気づきですか」

「大丈夫だ。地球って丸いから」

「壮大な計画だなぁ」

いくらかの予期せぬ出会いこそあったが、かくして俺は自分の城を手に入れた。

新しい街に、新しい生活。街での暮らしはきっと故郷では見たこともないような刺激を与えてくれる。ちょっぴり漂う血みどろな死臭も、それもまたよいスパイスになるだろう。

なぜならば。これから始まる全ての季節は、楽しいものに違いないのだから。

2章　夏の夕暮れと秋の始まり

この記憶を始める前に、まずは簡単に自己紹介をしよう。

私の名前は夕焼優希《ゆうやけゆうき》。十六歳高校生。兼、タイムリーパー。それ以上に語るべきことはない。

これは、私がループからの脱出を諦めるまでの物語だ。

＋＋＋＋＋

事の発端を語るならば、やはり私の前にあの女が現れたことから始めるべきだろう。

学校からの帰り道、突然に姿を現したその女は、己こそがサンタクロースその人であると自信満々に言ってのけた。

サンタクロース、サンタクロースである。聖なる夜に姿を現し、よい子のみんなに素敵なプレゼントをばらまくキリスト教の聖人だ。その者の伝説は存分に普遍化し、大衆化し、正体なんて義務教育に組み込まれたのかと言わんばかりに誰もが知るところとなっている。だと言うのに、彼女は己こそが本物のサンタクロースだとのたまうのだ。しかも、この夏と秋の狭間《はざま》の季節に。サンタクロースを自称するならせめて冬に出てきてほしい。不審人物ここに極まれり。私はそんな女に出くわしたわけだが、なんというか、またか、という感想が先に立った。

「何がお望みかは知りませんけど。私、煮ても焼いてもお金にはなりませんよ」

誠に遺憾ながらこの私、夕焼優希は、不幸というやつに骨の髄まで愛されていた。強《し》いて誇るものではないが、我が人生にいいことは起こらないものと相場が決まっている。街を歩けば人に絡まれ、山を歩けば事故に遭う。詐欺《さぎ》か誘拐かは知らないが、この女もきっとそういう類いのものだろうと思った。

「オーケー、大きな誤解があるようだ。じゃあ、相互理解から始めようか」

ほら、やはりそうだ。怪しい輩《やから》はまず自分を信用させようとする。私がますます不信を募《つの》らせると、自称サンタクロース女は腕をすらりと天に伸ばし、細い指をパチンと弾いた。

その瞬間、私の目の前で、何かが止まった。

最初に気がついたのは音だった。隣の通りを走る車のエンジン音、風が街路樹をなでる葉のこすれ、エアコンの室外機が立てる鈍い動作音。それらの音がぴたりと鳴りやんだ。

心臓の音だけがどくどくと響く世界で、私は空を見た。空飛ぶ鳥がそのままの姿で静止していた。肌で感じる風もない。湿度の高い空気が体にまとわりつき、嫌に鬱陶《うっとう》しく感じた。

時が止まっていた。白昼夢でも見ているのだろうか。そう思うくらいに異常な事象の中で、目の前の彼女だけが動いていた。

「私はね、君に幸せを届けに来たんだよ」

サンタクロースは、そう言って柔らかな笑顔を作ってみせた。

＋＋＋＋＋

さあ今からお前に幸せをくれてやるぞと言われて、わーいやったーと受け取れる者はどれほどいるのだろう。

因果の見えない幸福なんて扱いにこまるだけだ。道端《みちばた》に落ちていた百万円を拾ったら、どんなしっぺ返しを受けるかわかったものではない。親切顔で近づいてくるやつほど裏がある。私の中にむくむくと膨れ上がった猜疑心《さいぎしん》は、そんなことを声高に叫んでいた。

「そんなに難しい話じゃないんだけどな」

病室の窓枠に腰掛けた赤服の女はなおもそんなことを言うが、私は彼女こそ疫病神なのではないかと疑っていた。

なぜならば。彼女が現れた次の日、私は両足を切り落とす事故に遭ったのだ。

学校をサボって街を歩いていた私は、突然剝落《はくらく》した廃ビルの外壁に両足を押しつぶされた。数日後に私が目を覚ました時には、既に膝《ひざ》の下に足はなかった。

不幸に愛されてやまない私だが、この事故には言葉を失った。現状をどう受け止めればいいのかもわからない。ただ呆然《ぼうぜん》とするしかない私の前に再び現れたのが、この女だ。

「私はただ、君に幸せになってほしいだけなんだよ」

サンタクロースは繰り返す。しかし、今更そんなものを語られても虚《むな》しいだけだ。ただでさえロクでもない人生だったが、今や足すらも失った。そんな私に今更幸せを求めろと。

「なら聞きたいんだけど、幸せってなに？　あなたが言うそれは何を意味する言葉なの？」

語調が刺々《とげとげ》しかったのは否めない。はっきり言って、彼女の言葉はわずらわしい。そんな抽象的な、言葉ばかりの幸せなんて、一体何の役に立つ。

「実は私もよくわからないんだよね」

ほら、やっぱり。お前だってそうじゃないか。何がサンタクロースだ、もう放っておいてくれ。そんな恨み言をまくし立てたが、彼女は困ったように笑うだけだった。

「だから一緒に、幸せってやつを探してみない?」

そう言って彼女は手を差し出す。

私は、その手を取らなかった。

+++++

幻肢痛に顔をしかめる毎日に、彼女はしばしば姿を現した。

私が彼女を疎《うと》んでいることは気がついているはずだ。しかしサンタクロースは、面会謝絶の札を気にもとめずに病室の窓枠に腰掛ける。彼女が現れるその様は、まさしく出現と呼ぶしかなかった。まばたき一つの間に、風景に割り込むように、気がつけば彼女はそこにいるのだ。来ないでほしいとは何度も伝えたが、そんなものはどこ吹く風だった。

「お願いだから、せめてノックはしてほしい」

私がそう頼むと、彼女はぱっと顔をほころばせた。言うまでもない。私はこの女に根負けしたのだ。もう好きにしてくれ。

一度受け入れたら彼女はいい話し相手になってくれた。話と言っても、私はもっぱら彼女の話を聞くほうだったが。しかしこんな大怪我《おおけが》を負っても私を見舞う人など誰もいないのだ。彼女の話を聞く時間が気晴らしになっていたのは、まあ、認めてやってもいいだろう。

「ねえ。君のことを教えてよ」

ある時サンタクロースはそんなことを言った。それは私にとってあまりにも気が乗らない話題だった。自分のこと。私という人間のパーソナリティ。それを醸成するに至った過去の出来事の数々。どれ一つとっても、自分の外に出したいものではない。私は適当にごまかそうとしたが、彼女は繰り返し私のことを知りたがった。

「そんなに人の事情に立ち入りたいの？」

疎ましさを語調に込め、私は冷たい声で彼女を刺した。しかし彼女は怯《ひる》みもしなかった。

「うん。私はもう、君に関わるって決めたから」

……そう。そこまで言うなら、聞かせてやろう。

仮に話したとて、この女に何ができるとも思えないが。

＋＋＋＋＋

にゃー。

にゃーにゃー。

にゃーごにゃーご。にゃにゃ。

みゃーお。みゃみゃ。みゃーみゃみゃ。

ふにゃー。にゃんにゃん。

うにゃ。

＋＋＋＋＋

以上が、我が十六年の生涯に起きた全てである。

この話を聞いた諸賢においては、壮絶にして凄惨《せいさん》な体験であったと思われるかもしれない。かように苛烈《かれつ》極まる不幸が、たかだか十六歳小娘のパーソナリティに重苦しく絡みついているなど、平穏な日常に生きる人間には想像もつかないだろう。しかしこれは紛れもなく事実であり、私がこの身で体験してきた地獄そのものだ。

こうして言葉に代えたとて、やはり何かがどうにかなるわけがない。見ろ、サンタクロースも困っているではないか。私の人生なんて人に聞かせるようなものではないのだ。

「いや、そもそもさ。にゃーにゃー鳴いてただけなんだけど」

「人は過酷な現実から目をそらしたい時、自由に猫になる権利があります」

「そういうのはＳＮＳでやりなさい」

にゃんにゃん。

「言いたくないのはわかったから……。じゃあさ、明日来た時は何か別の話を聞かせてよ。どんなことでもいいから。好きなこととか、楽しいこととか。ね？」

なるほど彼女の言い分は一理ある。ちょうど私もそういう話をしたい気分だったのだ。彼女がそれを求めるのであれば、全身全霊をもってそれに答えようじゃないか。

この世の中に燦然と輝く七色の事象を、臨場感溢れる語り口で話すことにおいて、夕焼優希の右に出るものなどいないのだ。

＋＋＋＋＋

「何話せばいいんだろう」

「昨日の自信はどこいった」

＋＋＋＋＋

「日光。眩《まぶ》しいよね」

「そうだね」

+++++

「バタピーのバタって何？　あとピーも何？」

「謎だね」

+++++

「ねえ。楽しいことなんて何一つないんだけど」

「諦めるな諦めるな」

+++++

先日はああ言ったが、少しだけ自分のことについて話そうと思う。

夕焼優希は世の中が嫌いだった。学校に行くのが嫌いで、家にいるのが嫌いで、誰かといるのが嫌いだった。そこに至るまでの経緯を長々と愚痴《ぐち》っぽく語るつもりはない。ただ、私にとってはどこでもない場所を一人で歩く時だけが、唯一マシな時間だった。

しかし今、一人で歩くための足すらも失った。こんな体ではもうどこに行くことも叶わない。元より不幸には事欠かない人生を送っていたが、ついにこういうことが起きたかというのが率直な感想だ。今更こんな不遇に嘆いたりしない。私にはもう、諦めるようなものなんて何一つ残っていないのだから。

だからもう。

「そろそろ終わりにしてもいいかなって、思うんだよね」

そう話をしめくくると、彼女はさっと目を伏せてしまった。いつも朗《ほが》らかなサンタクロースが見せた、くしゃくしゃに泣きだしそうな顔。彼女は立ち消えそうな声を漏らした。

「おっちょむ……。本気なの?」

「ちょっと待って」

大変に耳慣れない言葉が聞こえて、口を挟まざるを得なかった。

「念のため聞くけど、その珍妙な呼び名はマジでやってるの?」

「ダメだった? ほら、夕焼ってなんか秋っぽいじゃん。だからオータムで、おっちょむ」

なるほど、なるほどね。私はその言葉を転がしてみた。おっちょむか。ふむ。理解した。

「次その名で呼んだら、今すぐ舌を噛《か》みちぎる」

「夕焼さんとお呼びすればよろしいでしょうか」

「優希でいいよ。それじゃなければ、別に、なんでも」

諦めるようなものなんて残っていないとは言ったが、私だって譲れないものはある。この件は紛れもなくそれだった。

妙な寸劇が挟まってしまったが、言ったことに嘘はない。その上で私は彼女にお願いをした。管理された病院の中、自由に動かない体でそれを成し遂げるのは、少しばかり手間なのだ。私だって、できれば楽なやり方を選びたい。

そう頼むと、彼女はめちゃくちゃに怒った。

+++++

狭苦しい病室で、実に数日間の攻防が繰り広げられた。

サンタクロースは断固として私の頼みを拒絶した。世の中にはいいことがたくさんあるのだと、簡単に諦めるなんて言語道断だと。道徳を説いたり、希望を説いたり、そんな綺《き》麗事《れいごと》をこれでもかとまくし立てる。

手伝ってくれないならそこまでの話だったのだが、彼女は私の意見を変えようと奮闘した。どうして彼女は私に執着するのだろう。私たちは出会ってまもない他人なのに。ふと気になって、攻防の最中に聞いてみた。

「だって、私はサンタクロースだから。みんなに幸せを届けたいから。だから」

だから、不幸そうな私に近づいたと。彼女の目は正しい。しかし、だからと言って私が幸せになれるかと言えば、そんなことはない。私は顔をしかめた。

「だったら他《ほか》の人のところに行けばいい。わかるでしょ、私はもうどうやっても幸せになれない。足は失った。人にも頼れない。お金だってほとんどない。今更何の幸せをつかめるって言うの？」

「だから、それを探すんだよ。私も手伝うから」

よく言う。彼女だってわかっているはずだ。世の中には解決できない問題なんて山ほどある。頑張れば何かがよくなるなんて幻想を抱くには、私は傷を負いすぎた。未来がなければ希望なんて持てないし、希望がなければ努力もできない。私にはもう、何もないのだ。

「君に感謝はしてるよ。だけど、たとえ君が本物のサンタクロースだとしても、できることには限りがある。限られた時間は効率的に使うべきだ。もっと探しなよ。きっと私よりもよっぽど幸せになりやすくて、君にたくさんお礼を言ってくれる人が大勢いる。違う？」

「違う！」

彼女は声を荒らげる。いつも穏《おだ》やかだった彼女は、私がお願いをして以来妙に感情的だ。私にはわからない。どうして彼女は、こんなにも私に執着するのだ。

「私は不幸な人間の一人と話しているんじゃない。夕焼優希と話してるんだ。君が浮かない顔をするんだったら、なんとしてでもどうにかしたいって思う。効率なんて関係ない。私は、君を、助けたいからここにいる」

あまりにもまっすぐで、あまりにも馬鹿らしい言葉だった。見返りもないのに誰かを助けようだなんて、そんなものは欺瞞《ぎまん》に満ちている。私は黙って首を振った。

「誰かの幸せを願うことは、間違ったことじゃないんだよ」

サンタクロースはなおもそう言うが、やはり、私には彼女のことがわからない。何をどうしたって、幸せになれない人だってここにいるのだ。

＋＋＋＋＋

開けた屋上から見える空は、突き抜けるような青だった。

白いリネンが初秋の風に揺られてはためいていた。陽光に照らされた雨城の街はきらきらと輝いて見える。この街にいい思い出なんてものはないけれど、それでもこの景色は文句なしにいいものだった。こんな綺麗な一日を汚すのは、少しだけ気が引けた。

「やめる?」

サンタクロースは言う。私は首を振った。

「やめようよ」

首を振った。彼女はそれ以上言わなかった。

繰り返しお願いを続けると、彼女は私をこの場所に連れてきてくれた。彼女の胸の内はわからないが、どうだっていい。私の望みさえ叶うのなら、それで。

「ねえ。ちょっと話さない?」

悪くない提案だった。引き留めようとしているのかもしれないが、なにせこんなにいい天気なのだ。街の景色を眺めながら、私たちは少しの間他愛《たわい》のない話をした。それはとても楽しい時間だった。だから私は、柄にもなくこんなことを口走った。

「もしさ、もう少し私に時間があったなら、私たちは友だちになれたかもね」

自分で言った言葉に戸惑う。友だちなんて、それこそ私には縁のないものだ。そんな関係になったって、今更何の意味もないのに。私は思っていた以上に彼女のことを気に入っていたのかもしれない。

少しの間、返事はなかった。

サンタクロースは、唇を噛み締めながら、視線を落としていた。

「もし、さ」

視線を落としたままに、彼女は口を開く。

「もし、君に時間があったなら。君はこれを選ばなかったのかな」

今度は私が黙る番だった。彼女の言葉は、ただの仮定と言うにはあまりにも重みがあった。意図するところがわからず、私は返事をしそこねた。

「もし、君があの事故に遭わなかったのなら。もし、君に己の不幸を乗り越えるチャンスが与えられたのなら。君は未来に希望を抱けるのかな」

サンタクロースは視線を上げる。真正面から私を見るその顔には、血のにじむような切望があった。

意味のない問いだとは思えずに、私は己に問いかけた。もしも、もしもだ。もしも未来が与えられるのなら、そこに希望を抱けるのか。もしも希望を抱けるのなら、それを目指して努力できるのか。

私は、生きたいと思えるのだろうか。

「夕焼優希」

彼女は、手を差し出した。

「私に与えられるのはチャンスだけだ。切り開くのはあくまでも君自身。私は手伝ってあげられないけど、君のことはずっと見守ってる。優希ちゃん。たとえ一人でも、幸せを探してくれますか」

「何を……。しようと、してるの？」

「答えて。今、ここで。これは君の人生だ」

彼女が何をしようとしているかはわからない。それでも私は考えた。彼女の言葉には、そうせざるをえない引力があった。

幸せが何なのかなんて相変わらずわからない。それが私に縁のあるものだとも思えない。だけど、それでも。もしも幸せってやつが手に入るのなら。だとしたら。

私は——。私は。彼女の、手を取った。

「私がやることを、どうか許してほしい」

私の手を握ったサンタクロースは、ニコリとも笑わなかった。彼女の手は震えていた。

「これから君は、自分の手で犠牲にするものを選ばなければならない。きっと途方もない地獄を見るだろう。望みを保《たも》ち続けるのは難しく、つかみ取るにはさらなる困難が待ち受ける。だとしても、私は、いつかの君に幸せになってほしい。それだけが私の願いだ」

彼女は噛み締めるように目を閉じる。やがて開かれた目には、善悪を超越した、深くて重い覚悟が宿っていた。

「ルールは一つ」

彼女は言う。

「幸福には、総量がある」

＋＋＋＋＋

私は自宅で目を覚ました。

自室がないので寝床代わりにしている自宅の階段下で、私は目を覚ました。いつの間に眠ってしまったのだろうか。そう錯覚するくらいの自然さで、私はここにいた。

寝起きの頭はすぐには違和感を捉《とら》えなかったが、記憶の不連続に気がつくと眠気なんて吹き飛んだ。私はついさっきまで病院にいたはずだ。なのになぜ自宅に。いや、それはいい。本当におかしいのは、事故で失ったはずの両足が生《は》え揃《そろ》っていることだ。

適当にひっつかんだ制服を着て家から飛び出す。いつも以上に胸が高鳴っていた。何度確認しても体のどこにも異常はない。私が経験した入院生活は夢物語だったのだろうか。何か確かめるものはないかと、私はあたりを見渡した。

時刻は朝。目の前に広がるのも変わりない朝の風景だ。しかし私は異常に気がついた。路上に出されたゴミ袋、空を流れる雲模様、早朝ランニングに勤《いそ》しむ誰かの足音、淀《よど》んだ空気の湿り具合。それらの一つ一つに覚えがあったのだ。これと寸分違わぬ光景を、私は一度見たことがある。それが意味することは大胆な閃きとして算出された。

時が、巻き戻っている。

日付を確認したかったが、あいにく時計は持ち合わせていない。あの家に戻るのは嫌だ。ならばどうするか。代替案はすぐに思いついた。

私は裏路地を抜けて古く寂《さび》れた通りに向かった。この街では駅向こうと呼ばれる場所だ。街の再開発から取り残され、人足が途絶えて久しい灰色の街区。ここに漂う重苦しい諦観《ていかん》は、私にとっては居心地のいいものだった。そんな駅向こうの一区に、このあたりのホームレスが根城にする巨大な廃ビルがある。この場所は、私が足を失った事故現場だ。

廃ビルを見上げて、私は自分の閃きが正しかったことを悟った。

崩れたはずの外壁が、剝《は》がれ落《お》ちていなかったのだ。

その時、通りの向こうから走り寄る人影があった。随分と目立つ人だった。制服の上に着込んだスタジャンをはためかせ、腰まで届く金糸の髪を振り乱しながら、彼女は懸命に走っていた。廃ビルの手前で立ち止まった女は、肩で息をしながら私と相まみえた。

女は叫んだ。

「おい、危ねえぞ！　すぐに離れろ！」

切羽詰《せっぱつ》まった全力の警告。どうしてこの女は、ここが危ないことを知っているのだ。立ち尽くしたまま考えていると、業を煮やした女が私の手を取った。

「危ねえっつってんだろ！」

手を引かれて廃ビルから離れる。次の瞬間、記憶通りに外壁は崩れた。瓦礫《がれき》が巻き上げた砂埃《すなぼこり》を風がさらう。私は女に聞いた。

「君も、知っていたのか」

彼女は琥珀《こはく》の目を見開いた。

「てめえ、それってどういう意味だ」

返事はしなかった。

それよりも先に、私たちは突っ込んできたダンプカーに轢《ひ》かれて死んだからだ。

＋＋＋＋＋

何がなんだかわからない。それが、率直な感想だった。

順番に状況を整理しよう。まず、私はあの病院でサンタクロースと話していた。それが気がつけば足を失う事故の直前に巻き戻って、もう一度事故現場に行くと、何やら私以外にも事故のことを知っている女が現れた。彼女に事情を聞こうとしたところ、私たちは二人揃ってダンプカーに轢かれてまた死んだ。なるほどね。わからん。

夢じゃないかと思いたかったが、そうではないと思う。薄れゆく意識の中、速度を落とさずに走り去っていくダンプカーのナンバープレートまで、私ははっきりと覚えている。

そうして二度目の死を迎えたわけだが、私は当然のように階段下の寝床で目を覚ました。なるほど死んだらこうなるらしい。わけがわからなすぎて、驚くより先に困惑した。なんなんだこの状況。私は一体どうすればいいんだ。

とりあえず現場に行ってみるしかなさそうだ。私は制服に着替えて寝床を抜け出し、再び廃ビルを訪れた。昨日よりも三十分ほど早い時間。少し遅れて、女は走ってやってきた。

「まさか、お前も覚えてるのか？」

だし抜けに女は聞く。ダンプカー、と短く答えた。彼女は綺麗な舌打ちを響かせた。

「おい、教えろよお前。一体どういうことだ。あたしさっき轢かれて死んだよな？　なんで生きてんだ？」

これには正直言って落胆した。説明がほしかったのだが、状況を理解できていないのは彼女も同じのようだ。どうしたものかな、と頭をかいた。

「とりあえず、自己紹介からしようか」

「はあ？　自己紹介？」

「夕焼優希。死ぬのはこれで二回目。一回目は瓦礫に潰《つぶ》されて両足を失い、数週間後に自殺。二回目はついさっきダンプカーで。あなたは？」

「ああ……そういうことか。日向向日葵《ひなたひまわり》だ。死んだのはさっきが初めてだが。っつーか二回？　お前、二回も死んだのか？」

「そうだけど」

私は彼女の服装に目をやる。今になって気がついたが、スタジャンの下にある制服には、嫌というほど見覚えがあった。

「ひょっとして、同じ学校？」

「みたいだな。つっても、あたしはあんな学校ほとんど行ってないけど」

「奇遇だ。私も、気が向いた時しか行ってない」

嫌なところで気が合ったが、納得はした。そうでもなければこんな時間にこんな場所で顔を合わせることもないだろう。妙な共通項が見つかって、日向はにやりと笑った。

「ちょっと話そうぜ。ツラ貸せよ」

廃ビルから離れたところで、私たちは互いの体験について情報交換した。

私が両足を失った一回目の時、日向は死にこそしなかったが事故には巻き込まれたという。全治数ヵ月の重傷を負い、しばらくギプスのお世話になっていたらしい。その怪我が突然なくなっていたことから時間の巻き戻りに気がつき、この場所に訪れたのだと。

「まあ、この感じだと気づいてるのはあたしらだけみたいだな」

あの事故に巻き込まれることが巻き戻りのトリガーだとするのなら、これに気づいているのは私たちだけなのかもしれない。これが正確な条件かは不明だが、見ている限り他に廃ビルの周りで足を止めた人はいなかった。

「お前のほうは、その。自殺……だったか」

「まあね」

私は一回目の時、自分が死に至るまでの経緯を簡単に説明した。事故で両足を失い、呆然としていた時に出会ったサンタクロースと名乗る女。彼女は私に幸せを探せと言うが、私はそれを拒絶した。結局希望を抱けずに自死を求めた私に、彼女は、何かをした。

それ以降の記憶は曖昧だが、なんとなく私はその時一度死んだのだと思う。感覚として死の実感があった。自力で死んだのかサンタクロースの手を借りたのかは不明だが、まあ、自殺としてしまっていいだろう。

こうして整理すると気がついたが、状況的にこの巻き戻りはサンタクロースが引き起こしたものなのだろう。思えば初めて出会った時も時間が止まる現象を経験した覚えがある。あの女には時間を操る術があるのかもしれない。

「で、気づいたら私は巻き戻ってた。後の話はそっちと大体同じ。っていうか、ひょっとしなくとも日向って私に巻き込まれて巻き戻ったのか。なんか、その、ごめん」

私が話を終えると、日向は唐突に私の肩をつかんだ。

「お前……。そんなに大変だったのか」

「は?」

顔と顔の距離が近かった。彼女はなぜか、目を真っ赤に泣きはらしていた。

「謝るのはあたしのほうだ。お前がそんなことになってるなんて、あたしは知りもしなかった。何も知らずに、自分だけが不幸だって思ってた。でも……。わかった、あたしが馬鹿だった。同じ失敗は二度としない」

「おいちょっと待て。何の話だ。あんたには何の関係もないだろ」

私たちはほぼ初対面のはずだ。なのに、どうしてこんな風に同情されないといけない。口調も乱暴になるというものだった。

「いいんだ」

「よくない」

「あたしはお前の味方だからな」

「鬱陶しいんだけど。離れてくれない？」

抱きついてくる日向を無理やり引き剝がす。なんなんだこの女は。困るくらいにグイグイ来る。交流断絶を基本思想とする夕焼優希に、このノリは厳しいものがあった。

まあいい。そんなことは今はどうでもいい。今はそれよりも考えるべきことがある。

「日向。ダンプカーのこと、どう思う」

「そりゃ教習所からやりなおせって思うが」

「そうじゃなくて、なんでダンプカーが突っ込んできたかってこと。一回目の時はあんな事故、起きなかったでしょ」

廃ビル外壁の剝落事故を避けた結果、一回目では起きなかった事故で私たちは死んだ。奇妙な話だがそういうことになる。

「物事には理由がある。起こらなかったことが起きたのには、何か必ず裏がある。だからこれにも、きっと何かあるはずだ」

すっかり体に染《し》み付《つ》いた何事も疑ってかかる癖《くせ》が、私の口からそんな言葉を吐き出した。

「何かっつってもな。だからつまり……どういうことだ？」

「それはまだわからないけど。これは、ただの事故じゃないのかもねってこと」

しかし、だからと言って誰かが私たちを殺そうとしたと考えるのは早計だ。ビル壁の剝落なんて簡単に起こせるものではない。何かしらの仕込みがあったとしても、一回目に私がここを訪れたのは単なる偶然だ。

「最初の時、日向はなんでここに来たの？」

「なんでって、たまたまだ。学校サボってぶらついてただけだが。お前は？」

「一言一句、君と同じだけど」

日向はぱっと顔を輝かせた。嬉《うれ》しかったらしい。私は微妙な気持ちになった。まあいい。だとすると、あの剝落はやはり事故だったと考えるのが順当だ。よしんば想像もつかない深謀遠慮の策があったとして、そんな慎重な輩がダンプカーを突っ込ませるような強引極まりないセカンド・プランを採用するだろうか。それにそもそも、私たちを殺して一体何になる。この説には考えにくい点がありすぎた。

「じゃあ、これは一体……」

ひとりごちる。今のところ、とてつもなく不運な事故だったと考えるのが精一杯だ。しかし……。考える最中、私の脳裏に一つの言葉がよぎった。

――幸福には、総量がある。

サンタクロースの言葉だ。あの日、病院の屋上で、彼女は確かにそう言った。

「おい。シンキングタイムはその辺にしとけ」

ビルの外壁が崩れはじめる。私たちは離れたところからそれを見ていた。瓦礫が散乱し砂埃が巻き上がる中、遠くから響き渡るエンジン音が聞こえた。

風が吹き抜けて視界が晴れる。私たちは前回から位置を変えていたのに、車重数トンの鉄塊はまっすぐに私に向かってきていた。日向ではなく、私のほうに。たったそれだけの根拠だったが、私は、こう考えてしまった。

この事故は、私の命を標的にしている。

姿のない殺意に思わず足がすくんだ。動かなければ死ぬのはわかっていた。しかし、ダメなものはダメなのだ。あー、これ死んだわ。私の冷静な部分はすぐに諦めたし、私の熱血な部分は随分前にどこかに行ってしまった。

突然、横っ腹に衝撃を受けた。吹っ飛ばされて、もんどり打ちながらアスファルトの上を転がりまわる。何が起きた。私が吹き飛ばされた直後、直前まで立っていた場所にダンプカーが突き刺さった。勢いを一切落とさずに高速で突き抜けたダンプカーは、数十メートル離れた廃屋に激突して何もかもをぐしゃぐしゃにした。

「ぼさっとしてんなよ。立てるか？」

倒れ伏す私に日向が手を差《さ》し伸《の》べる。その時になって、こいつに蹴《け》っ飛《と》ばされたのだと気がついた。身体中《からだじゅう》がめちゃくちゃに痛い。全身傷だらけだ。それでも、私は生きていた。

「これなら、死んだほうがマシだったかも」

そう漏らすと、随分と悪い笑みが帰ってきた。

「悪かったな。死にたがりを蹴っ飛ばすのが好きなんだよ」

なるほど。この女、中々いい趣味してやがる。

＋＋＋＋＋

事故についての事情聴取を受けた後、私と日向は警察署内のロビーで落ち合った。

特に誘ったわけではなく、自然と私たちは顔を合わせた。彼女のことは率直に言って苦手だが、共にこの奇妙な現象に巻き込まれた同士だ。出会って数時間の仲であろうと、流血が結ぶ縁は絆《きずな》よりも濃い。素行不良な私たちは事情聴取の愚痴でひとしきり盛り上がった後、思い出したように互いの安否を確認した。

私は全身あちこちをぶつけて包帯まみれになっていたが、命に別状はない。日向のほうはまったくの無傷である。彼女は今更になって私の怪我を気にしていたが、そうは言っても、今私が生きているのはこの女の美脚のおかげだ。そこについては素直に感謝を伝えると、居心地悪そうにしていた日向はより一層落ち着きがなくなった。

「まあ、その、蹴り飛ばしたあたしが言うのもあれだけどさ。顔に傷がなくてよかったよ」

顔なんて別に、どうだってよかった。

あらためて私たちは情報共有をした。結局、ダンプカーの後に事故が起きることはなかった。私が死ぬまで事故が起こり続けるかもしれないとも考えていたが、そういうわけではないらしい。

「でもさ。あの人、死んじゃったんだよね」

「あ？　あたしらの他に誰か巻き込まれてたか？」

「ううん。ダンプカーの運転手」

暴走する車を運転していた男は、廃屋に激突して死んでしまった。前回私たちが轢かれた時は、速度を落とさずにそのまま走り去っていったのを覚えている。つまり今回私たちは生き延びて、彼は死んだということだ。

それについて日向が何かに気がついた様子はない。しかし私は、気がついてしまった。

「――幸福には総量がある」

呟《つぶや》く。きっとこの言葉が、今回の一件を説明するための鍵になる。

「なんだそれ」

「サンタクロースのことは前に話したよね。彼女がそう言ってたの。日向、聞いてほしいことがある」

前にも指摘した通り、この事故には不可解な点がある。誰がこれを引き起こしたのかという点だ。いや、誰というのはおかしい。人間的な原因だとは考えづらい。強いて言うならば現象だ。人の意思ではなく、現象としてこういうことが起きている。そう仮定しよう。

現象に動機はないが目的はある。なぜならば現象は無作為なものではないからだ。二回目と三回目で私たちは立ち位置を変えていたというのに、ダンプカーは私目がけて突っ込んできたことが証左になる。ならばその目的とは何か。まずはそこを考えないといけない。

「ちょっと待て。急に難しい話するんじゃやねえ、理系かよ」

「理系だよ文句あっか」

「もうちょっとわかりやすく説明してくれ」

「私たちが死んだのは偶然や人為的なものじゃなくて、何らかの現象かもしれない。その現象には目的があるはずだ。オーケー？」

「んだよ、それならわかるっつの。最初からそう言え」

…………。そりゃ悪かったな。

話を続ける。三回目の事故では大きな変化が二つあった。一つは私が死ななかったこと。もう一つは、私が死ななかったのに現象が終わったこと。一回目と二回目の事故では私の死という結末があったが、三回目の私は無事に生き延びている。ただの自意識過剰かもしれないが、私の命はこの現象と密接な関わりがあると思う。なぜならあのダンプカーは、私のほうに突っ込んできていたのだから。

だとすると、ここに疑問が生じる。一体なぜ現象は終わったのか。

台風や洪水といった災害とて、何も予測不可能な形で突発的に起きるものではない。ある一定の条件を満たしたからこそ災害は発生し、条件を満たさなくなれば災害は消滅する。同じ原理をこの現象に当てはめれば、こう考えられる。現象は目的を果たすために発生し、目的を果たしたからこそ終了したのだと。

「そりゃ当たり前だろ。当たり前の話を回りくどくするなよ」

「当たり前が適用できるってことは大事なんだよ。私たちが相手しているこれは、当たり前のこととは限らないんだから」

「あー……。そうなのか？」

「死んで巻き戻って命を狙《ねら》われてなんて、中々レアな体験だと思いますけど」

話を戻そう。つまり、問題はこの現象の目的だ。ダンプカーが私目がけて突っ込んできた時、それは私の命だと考えた。しかし私は生き残り、他の人間が命を落としたことで現象は終わった。それが意味することは何か。現象は確かに私を標的にしているのかもしれない。しかし、死ぬのは誰でもよかったのではないか、ということだ。

「それってつまり、あの車に乗ってたおっさんはあたしらの代わりに死んだってことかよ」

「そういうこと。でも、それだけじゃない」

私たちが経験した三回の事故を整理すると、もう少し具体的な答えが見えてくる。

最初の一回目。私たちは剝落した外壁に巻き込まれた。日向は重傷で済んだが、両足を失った私は苦しんだ末に自死を選んだ。死者一名、重傷一名。

二回目の事故。外壁の剝落には誰も巻き込まれなかったが、直後に突っ込んできたダンプカーに轢かれて私も日向も死んだ。ダンプカーの運転手はそのままどこかへと走り去っていった。死者二名。

そして三回目。私と日向は二つの事故を生き延びたが、ダンプカーの運転手は廃屋に突っ込んで死んでしまった。死者一名、軽傷一名。

死亡者の数はまちまちなので、ひょっとすると直接的な関係はないのかもしれない。ならば、現象の目的とは何だろうか。もう一つ憶測を重ねよう。サンタクロースは、幸福には総量があると言っていた。もしもこの言葉が関係しているのならば。

「現象の目的は、幸福の総量を調整することなんじゃないかなって、思うんだけど」

そこで一度説明を区切る。日向は黙りこくっていた。今頃頭の中で必死に情報を咀嚼しているのだろう。理解が進むほどに、彼女の表情はどんどん深刻なものになっていた。

「幸福の、総量って。つまりどういうことだ」

「死ななくてもいいんだよ。不幸にさえ見舞われれば。一人の人間が苦しんで死んでも、二人の人間が楽に即死しても、どっちでも現象の終了条件を達成できる」

「でもよ……。あの運転手は、楽に死ねたんじゃないか」

「ううん、彼はしっかり不幸を撒き散らしたよ。家族にも、会社にも、たっぷり不幸が降りかかっただろうね」

そして、もう一つ。そこには絶対に無視してはいけない答えがあった。

「その不幸は、本当は私が背負うべきものだった。私は他人に不幸を押しつけることで生き延びた。だってこの現象は、私を殺すために起きたんだから。そうでしょ？」

「待てよ、なんでそうなるんだ」

「仮説だよ。結論じゃない。だけど私はこれが答えだって思ってる。そう考えると、日向も私に巻き込まれた一人になるね。あの日たまたま私の近くにいたから、君はこんな目にあった。ねえ日向、私の言いたいことわかる？」

私は日向の正面に立ち、目を合わせる。彼女の琥珀色の瞳は、今や揺れに揺れていた。

「これは私の不幸だ。だからもう、君は私に関わるな」

一方的に言い切って踵《きびす》を返《かえ》す。言いたかったことは全て言った。どんな事情があろうとも、誰かと関わりを持つなんてまっぴらごめんだ。

「なんでだよ。なんで、そうなるんだよ……」

彼女の言葉に足を止めることはない。それはとてもシンプルな答えだ。振り向きもせずに私は答えた。

「君には関係ないからだ」

＋＋＋＋＋

「関係なら、ある」

翌日の夕暮れ。出会い頭に日向は言った。

食ってかからんばかりの剣幕だった。彼女は怒っていた。夕日に照らされた金糸は灼《しゃっ》光《こう》をはらみ、彼女の瞳はそれ以上に熱く燃え上がっていた。

宣言通り、私はもう二度と日向と会うつもりはなかった。だから事故現場にはいかなかったし、そもそも駅向こうに近寄りすらしなかった。しかし彼女は一日足らずで私を見つけだし、逃しはしないとばかりに肩をつかんだ。

「関係ないわけねえだろ。覚えてるじゃねえか、何もかも。あたしだけが」

それについては、一理あった。

余人は失う巻き戻り前の記憶を、この女だけは保持している。その一点だけでも日向が無関係とは言えないのかもしれない。

「それでも、君が私と関わる必要なんてないはずだ。もしも私がまた死んだら、私は生き残るために自分の不幸を周囲に撒き散らすかもしれない。その時近くにいたら、日向が巻き込まれる可能性は高いでしょ」

そんな主張を、日向は鼻で笑った。

「巻き込めよ」

そして、微塵《みじん》も迷わずに、こう言ってのけた。

「友だちだろ」

思わず、言葉に詰まった。

あの日、私がサンタクロースに言い切れなかった言葉を、彼女はあまりにも簡単に言ってみせた。友なのか、私は。この女と。出会って数日の仲で。そもそも友だちってなんだ。何をすれば友人で、何をしなければ友人ではなくなる。私と交友関係を築くことで彼女に何のメリットがある。一体何が目的だ。それらを逡巡《しゅんじゅん》している間に、日向は畳み掛けた。

「ずっと黙ってたが、あたしは一回目の事故の前にお前の姿を見てたんだよ。あの通りを歩いてた時、向《む》かい側《がわ》からあたしと同じ制服を着たお前がやってくるのを見て、あたしはとっさにあの場から離れようとしたんだ。同じ学校のやつに見られると色々と面倒だからな。その直後に壁が崩れて、あたしたちはそれに巻き込まれた。あたしは重傷で済んだが、お前は両足を失った。そうだろ?」

「そうだったんだ。でも、それがどうしたの」

「わかんねえのか」

日向は私の襟首を締め上げる。怒気を込めて、彼女は吐き出した。

「お前があの場所に来なかったら、あの事故で死んだのはあたしだったかもしれないってことだ。何がお前の不幸だ。お前が、あたしの不幸を背負ったんだよ。あの時のあたしは、お前に自分の不幸をふっかけておきながら、一人でのうのうと生きてたんだよ」

「……いや。そんなの、ただの偶然だ」

「これを偶然だって言うなら、お前の不幸ってやつも偶然だろうが。偶然だろうとなんだろうとどうでもいい。あたしはお前にでっけえ借りがある、それが全てだ。だから二回目の時、あたしはお前を助けるために廃ビルまで走った。文句は言わせねえぞ。これが、あたしのやり方だ」

そんなものは無茶苦茶だ。私は日向を助けたわけでも、助けようとしたわけでもない。たまたま彼女の運がよくて、たまたま私の運が悪かった。それだけの話じゃないか。それに、そう言うなら。

「そう言うなら、貸し借りはこれでなしでしょ。日向が蹴っ飛ばしてくれたおかげで私は助かった、それで終わり。これ以上私の不幸に立ち入る必要なんてないじゃないか」

「ごちゃごちゃうるせえ奴だなお前」

日向向日葵は揺れない。微塵たりとも迷わない。彼女の中では、もう、すっかり決まってしまっていることなのだろう。

「あたしはな、このクソみてーな現実を一人で生きるのに飽きたんだよ。不幸だろうとなんだろうと巻き込めよ。それよりクソなことは百でも千でも知ってんだ」

そう言われて、今更ながらに気がついた。生きるのか、私は。この世界でもう一度。サンタクロースと約束した通り、幸せなんていうわけのわからないものを探しながら。

それは、確かに、日向の言う通り。

一人でやっていくのが厳しいことは、私もよくよく知っていた。

＋＋＋＋＋

かくして私は、日向向日葵と友人契約を締結する羽目になったのだ。

そうは言っても、私たちを結びつける縁は結局のところ流血だ。現象を乗り越えて取り戻した平穏な日々で、彼女との接点などそうそう生まれるはずもない。私はそう思っていたのだが、日向は違った。

ある日彼女は脅迫的に私を誘った。学校に行かないかと。

「お前となら、あのクソみたいな牢獄《ろうごく》も悪くはなさそうだ」

私は嫌だ。抗議はした。私の努力は当然のように実を結ばなかった。そんなわけで、久しぶりに校庭の土を踏むことになったのだ。

私は人間をやる気がある時だけ登校するようにしているが、日向はそもそも学校には行かないことにしていた。日向向日葵、今年度初の登校ということで、彼女の注目度は中々に高かった。

「ったく、今日だけで何回呼び出すんだよ。やってられっか」

繰り返される生徒指導室への呼び出しを無視して、日向は休み時間中ずっと私の席に入り浸っていた。

不良少女二人組。めちゃくちゃに目立っていた。彼女は強いかもしれないが、そんなに強くない夕焼優希としては心休まらない状況である。私はついに耐えかねて、日向の手を取り特別教室棟の社会科教室に逃げ込んだ。

「おい優希。こんな人気のない場所に連れ込んで何するつもりだよ。まだ昼間だぞ」

「何もするつもりねぇよ何考えてんだ馬鹿かお前」

日向と友人契約を結んだ以上、これからは学校でこういったイベントをこなさなければならないのか。そう思うと大変に憂鬱《ゆううつ》だ。可能な限り息を潜めて生きていたい私には大変に不都合である。人の噂《うわさ》も七十五日と言うが、早く落ち着いてくれないものだろうか。

「なんかこういうの、楽しくねぇか?」

日向はそう言って笑う。君は楽しそうでいいよね、と投げやりに答えた。彼女はますます笑みを深め、お前だって楽しそうじゃねぇかと返ってきた。

否定はしなかった。

3章　極彩色の春よ桜よ

四月もまだまだ初めのうちは、我ら大学新入生に与えられるイベントは極めて事務的なものである。

オリエンテーションだの教科書販売だの健康診断だのの洗礼を受け、心に熱き情熱を秘めた暴徒たちは、由緒正しき大学生へと加工される。これであなたも大学生。おめでとう。ありがとう。これからどうぞよろしくね。

そんな上っ面の厚意がわんさか飛《と》び交《か》うこの場所は、学部別新入生レクリエーション会場だ。若者はとりあえず一緒に飯を食わせば仲良くなるだろうという、ありがた迷惑な思惑がひしめく会場の片隅《かたすみ》で、俺は一人ちびちびと烏龍茶《ウーロンちゃ》を舐めていた。

そう。ぼっちなのだ。

入学してからの数日間、俺は誰とつるむこともなく、講義が終わり次第急いで部屋へと帰っていた。部屋には未だ俺のことを心配半分に疎んじるサンタクロースと、最近極力俺を視界に入れないように振る舞う黒い女が待っている。我ながら目的を見失いつつあるとは思うが、彼女たちと遊ぶことは俺にとって大学生活以上に楽しいことだった。

そんな風に直帰ライフをエンジョイしていたものだから、新入生界隈《かいわい》にほんのりと勢力図ができはじめた頃には、俺はすっかり輪の外側の住民となっていた。閉鎖空間である高校と違い、大学とは関係性がオープンな反面、人はどこまでも孤独になれる。

しかし、輪の外側に座すことが不幸だとは限らない。外側には外側の住人がいる。輪に入りそこねた者、孤高を好む者、そもそも輪の存在を知らぬ者。そして、全てを知った上で安易な関係性に興味を抱かず、背を預けるに足る友を見定める者。

俺が出会ったその男は、まさしくそんな風格を漂わせていた。

「なあ、あんた」

話しかけたのは俺からだった。

初めてそいつを見た時、彼のギラつく瞳に野犬がいると思った。続けて腐臭を放つ死人だと思いなおし、よくよく見れば天空を駆ける天馬のようにも思えた。総じてゾンビ・ペガサス・ワイルドドッグの評価を獲得したその男は、極めて近寄りがたいオーラを存分に放ちながら、水も飲まずに黙々とスルメをかじり続けた。

男は顔も上げずに目線だけを俺によこした。その間も男はスルメを咀嚼し続けた。俺は拳《こぶし》を強く握りしめ、彼の真横に立った。

理屈ではない。直感でわかった。こいつとの出会いは、俺の大学生活を決定づけることになる。一度出会ってしまったが最後、もう二度と引き返せない深みへと踏み出すこととなる。根拠もないのに、そんな運命めいた確信を俺は抱いていた。

試したくなった。この男ならば、サンタクロースには答えられなかった質問にも答えを示せるのかもしれない。

「お前……。アノマロカリスについて、どう思う」

男は表情も変えずに、俺が待ち望んだ答えを返した。

「カリッと揚げたら美味そうだよな」

間違いない。目を見て再度確信する。やはりこいつ、俺と同類だ。出会ってしまった。この狭く珍奇な大学で、志向を共にする同志に巡り会ってしまった。

これが我が最悪の戦友にして最低の盟友、そして不倶戴天《ふぐたいてん》の仇敵《きゅうてき》となる男。棗裕太《なつめゆうた》との出会いであり。

黒い女とサンタクロースが抱《かか》え込《こ》んだ事情を解決に導く、決定的な分岐点であった。

＊＊＊＊＊

俺と棗との関係性は極めて奇妙なものであった。

まず第一に、俺はあいつを友とは呼ばない。あいつも俺のことを友とは認めていないだろう。そもそも俺たちは互いの連絡先すら交換していないし、食事をしながら仲良く歓談に興じるなどもっての外であった。

だというのに、俺たちは不思議なほどに顔を合わせた。自由選択の講義はことごとく被《かぶ》り、講義室内のポジショニングも常に近い位置だった。奴は講義室の真ん中やや左に好んで座る。奇《く》しくも俺も似たような習性をしていたため、俺たちは気持ち悪いくらい行動を共にせざるを得なかった。

あんまり気持ち悪いものだから、ある時俺は講義室の真ん中やや右に座った。そこに先んじるように棗がいたので、俺は心の底から嫌な顔をした。棗もまた同じような顔をしていた。たぶんこの時、俺たちは互いに互いを諦めたのだ。

「なあ。灰原」

授業の空きコマのこと。渡り廊下で偶然に顔を合わせた棗は、出会い頭に切り出した。

「お前、友だち作らんのか」

俺は何も言わなかった。

返事をしたら負けだと思った。絶対に答えてやるものか。そのままたっぷり三分間、俺たちは無言で睨みあった。つまらない意地の張り合い以外の何物でもない。しかし、男と男の戦いとはこういうものなのだ。

先に折れたのは棗だった。棗は深く息を吐いて首を振る。俺もまた肩をすくめた。へらへらと笑いあった後、棗は言った。

「友だち、作らんのか」

今度の無言は十分続いた。

常日頃からこんなくだらない殴り合いに興じるものだから、俺たちは外部から『例の二人組』と認識されていた。互い以外の交友関係を持たない、同学年でも特に異質なワンペア。この侘《わび》しい都会砂漠で生き残るべく共同戦線を張った、二人ぼっちのしみったれた灰色たち。俺たちは今日も元気に生きている。

「灰原。お前、大学生活にどんな幻想を抱いていた」

棗は一つ舌打ちして話題を変えた。無言の戦いに飽きたのは同感である。

何が言いたいのかは読めなかったが、俺は先を促した。大学生活幻想などという外連味《けれんみ》溢れるワードを使ってまで一席ぶろうという無謀に敬意を表したのだ。ある意味では、無駄に壮大な主張を構えて論陣を張ることこそが、俺が夢見た大学生活そのものである。

「俺たち若者は承認欲求の獣だ。未熟さゆえに何を成し遂げる術も持たず、無知ゆえに肥大した自尊心はいつだって他者からの承認という甘露を求めている。見ろ」

棗は渡り廊下の窓越しに中庭を指差した。そこでは数人の男女が集まって、芝生の上で何やら踊りめいたものを繰り広げていた。少し離れたところにいる男が、その奇妙な寸劇を余念なくスマートフォンから撮影している。

ダンスと呼ぶには出来が悪い。衣装もなく、専用の撮影機材もなく、そもそも練度が足りていない。何かしらSNSに投稿したいからとりあえず集まって踊ってみましたといった様子であったたし、事実その通りなのだろう。

「あれが、今どきのキャンパスライフだ」

棗は彼らをそう評した。

「勘違いするなよ。あの珍妙な踊りは、決して非難されるような謂《いわ》れのものではない。あれはまさしく若者が思い描く理想像であり、今を生きる大学生が賛美する紛れもないリアルだ。ああ、そうとも。確かに俺はあれを冷笑する。だが、同時に彼らは俺を冷笑するだろう。若者の中で醸成された文化は、承認欲求の充足こそを無二の価値観とするからだ。あれこそが、今の時代を象徴する『正しい』薔薇色《ばらいろ》のキャンパスライフそのものだ」

なんともまあよく回る口だった。

正直に言って、俺はこの時棗への幻滅を覚えた。この手の言説など手を変え品を変え腐るほどに聞いてきた。結局は『他人とは違う考え方の俺カッケー』のヴァリエーションに他ならない。埋没を嫌うがゆえに他者をあざ笑う様ははっきり滑稽《こっけい》であったし、その裏に見え隠れするのはまさしく彼が冷笑した承認欲求そのものだった。

「嫌な奴だな。つまりお前は、あそこで踊ってる奴らも、あそこで踊ってる奴らを指差して笑うお前も、どっちも笑ってやろうってわけだ。自己批判に他人を巻き込むなよ」

「俺は今、お前にこの話をしたことがこの大学で勝ち得た最大の正解だと確信した」

彼が言いたいことはこれではないらしい。先を促すと、棗は口を湿らせた。

「いいか灰原。無能は悪だ。未熟は悪だ。愚鈍は悪だ。だから俺たちは誰もが悪だ。険《けわ》しい困難を成し遂げられないものは、全てを奪われるに値する大罪を犯している。お前は必死になって何かを成し遂げたことはあるか?」

「俺の人生にそんな華々しい薔薇色があったなら、お前と話すこともなかっただろうな」

「俺も同じだ。俺の辞書に成功の二文字はない。仄暗《ほのぐら》い情念、諦めた願望、折れた信念を後生大事に抱えて生きている。だがそれは、衝動の封印を意味しない」

棗の言葉は、焦《こ》げるような熱を伴っていた。

こいつが言わんとすることは知っていた。言われるまでもなく、俺の内側に深く刻み込まれていた。ただの大学生である俺には、特別なことは何もできない。だからと言って、何もせず現状に甘んじるわけがない。そんなことはこの魂が許さない。

なぜならば、俺は大学生だからだ。

「先ほどの質問を変えよう。灰原。お前、何かを成し遂げたいと思ったことはあるか」

答えるまでもなかった。頭をよぎるのはサンタクロースのことだ。俺は彼女の助けになりたいと思っている。そんな俺の沈黙を棗は正しく受け取り、言葉を継いだ。

「俺たちには何もできない」

「価値あることなんて何一つやってこなかった」

「何をどう取《と》り繕《つくろ》おうとただの一般人だ」

「特別ってやつに見放された量産型だからな」

「平凡に勉強して平凡に進学した。平凡に就職して平凡に現実を知って平凡に死ぬだろう」

「それが人生ってやつだ。学校でもそう習ったさ」

卒業式の声合わせのように言葉が重なっていく。内容に反して、俺たちのボルテージはじわじわと上がっていた。

「でもよ、それって」

棗は言う。俺は答えた。たった、それだけのことだった。

「ムカつくじゃんね」

結局のところ、俺たちはどうしようもないくらいに若者なのだ。

自分たちなら何かができるという無根拠な自信に満ち溢れて、衝動に身を任せてくだらない何かをやりたがる。どんなに自分を騙《だま》そうと一度動き出した感情は全てを正当化して前へ前へと突き進む。

若者が若者であるがゆえに、俺たちはこの衝動に逆《さか》らうことができない。棗は狙ってそこに火を付けた。嫌な奴どころの話ではない。こいつはとんでもなく悪い奴だ。

「で。だったら何をやるんだよ」

まんまと火をつけられた俺は、すっかり踊る気になっていた。

「焼くんだよ。灰色のものを全部かき集めて、片《かた》っ端《ぱし》から火をつけて回る。炎は大きければ大きいほどいい」

「ふうん。灰色ってのは、つまり何を指すんだ?」

「挫折《ざせつ》したもの。停滞したもの。諦めてしまったもの。辛気臭《しんきくさ》けりゃ何だっていいぞ」

これは正直言って意外だった。この男、何かを目指すというよりも、妨げるものを破壊したいらしい。それも、自分ではなく他人の障害を。こいつにそんなボランティア精神があったのかと驚いていると、棗は照れくさそうに答えた。

「誰かに成功してほしいって思うことは、とても当然のことだろ。それを邪魔するもんは焼いてやりてえじゃねえか」

しみったれたツラのくせに中々熱い男だった。この男、少年漫画で義務教育を終えたらしい。やはりこいつ、俺の同類である。

「そういうもんなら、一つ心当たりがあるぜ」

「よし、やるか」

「決断がはえーな」

俺はけらけらと笑った。決定事項で既定路線だ。ここまで来て、やめようなんて話が出るはずがない。出会って数日の仲なのに、俺はこいつに戦友めいた信頼すら覚えていた。

「なあ棗。先に聞いておくんだけどさ」

「なんだよ」

くだらん前置きはやめろとでも言いたげな顔だった。だが、この話をするには先にことわっておく必要がある。確かにこいつはこれまで出会ってきた中でもっともイカれた男であるが、それとこれとは別なのだ。

「お前、幽霊とかって平気か？」

＊＊＊＊

黒い女とサンタクロース。この街で出会い、今も共に暮らしている二人の怪異。彼女たちとの出会いと現状に至るまでの話を聞いた棗は、至極まっとうで今更な指摘を入れた。

「なんでサンタクロースが時間巻き戻してんだよ」

「今そこにツッコむか」

「今しかないだろ。一度流したが最後、二度と疑問を抱くことなく押し進むやつだぞこれ」

言っていることは正しいが、そう言われても困ってしまう。確かにあの女はサンタクロースを自称していたが、本物なのかはわからない。そもそも本物のサンタクロースってなんなんだ。サンタクロースの正体も知らない俺にはわかるはずもなかった。

とにかく彼女が時間を操ることは間違いない。それについて、気になることがあった。

「ちょっと待て棗。お前、時間の巻き戻りについては突っ込まないのか？」

「いや別に、面白い現象だとは思うが引っかかるところはないぞ」

「時間が巻き戻ったんだぞ。普通じゃない。俺が知ってる現実ってやつは、もうちょっと厳格なはずだ」

自分で話した内容だが、棗があまりにもするりと飲み込むのでついつい口を挟んでしまう。悪霊でサンタクロースで死に戻りだ。非日常の扉がガン開きしているのに、こいつは当然のように受け入れていた。

「普通だろうと普通じゃなかろうと、そんなことはどうでもいい。嘘だろうと真実だろうと妄想だろうと、面白ければ俺は乗るぞ。お前の話は面白い。だから俺は乗った。それ以上が必要か？」

「……要らんかも」

「要らんだよ」「要らんかぁ」

どうやら俺が間違っていたらしい。棗は終始真顔である。真剣に俺の話を聞いて、真剣に興味を持っている。この男、紛れもなく馬鹿だった。

「サンタクロースのことはよくわからんが……。今の話を聞く限り、その自称サンタクロースが黒い女を作り出したんだろうな」

「え、そうなのか?」

「黒い女は『止まってしまった人間の成れの果て』で、サンタクロースは時間を止めることもできるんだろ? 素直に符号を嵌《は》めるなら、サンタクロースが黒い女の時間を止めたのかもしれん。そうでなくとも、何かしら黒い女の誕生に関係があるはずだ。そうして生み出された黒い女に、サンタクロースは今でもべったり張り付いている。それはなぜだ?」

その問いは、俺も彼女に投げかけたことがある。どうしてサンタクロースは、黒い女の側《そば》で犠牲者を蘇らせているのか。彼女の答えは実にシンプルなものだった。

「『私の失敗そのもの』って言ってた。それ以上は伏せられた」

「失敗か……。なら、まずはそこから追ってみよう。解くべき謎は、あの二人の関係性だ」

サンタクロースと黒い女の関係性。やはりそこか。俺も気になっていたところだった。

「灰原、早速だが二手に別れよう。お前にはその二人から直接話を聞いてもらいたい」

「あいよ。棗、お前はどうするんだ?」

「俺は外堀を埋めにいく。お前とそいつらが住んでる部屋って事故物件なんだろ? だったら、物件について調べれば何かわかるかもしれない」

なるほど、悪くないアイディアだ。だが、あの部屋について調べるのならば、気をつけないといけないことがあった。

「俺の部屋を斡旋《あっせん》したのは駅前の不動産屋だ。担当者の名刺もあるから渡しておく。だけど棗、気をつけろよ」

「気をつけろって、何がだ」

「ちょっと面倒な奴なんだよ」

世の中いろんな人がいてもいいと思うが、関わりたくない人間は現実として存在する。俺が不動産屋で相まみえた輩もそういう人間だった。あの男は商魂たくましいとかそんなかわいらしいものではない。人の話をまるで聞かず、条件に合致しない物件を一方的に提示し続けるその様は、現代妖怪《ようかい》絵巻に『ゴリ押しゴリラ』と記されてしかるべき存在だった。

「はあ……。まあ、ヤバイっつっても、こっちは聞きたいことがあるだけだ。そりゃ歓迎はされないだろうが、普通に聞けば普通に答えてくれんじゃねえの？」

「忠告はしたからな」

「わかったわかった。まあ、うまいことやるさ」

棗は楽観的なことを言うが、実際にソレと話した俺はとてつもない困難を予想していた。

世の中には、どうにもならないことってやつがままあるのだ。

＊＊＊＊

真面目《まじめ》に講義を受けているなんて口が裂けても言えないが、白昼堂々サボって帰宅するのは大学進学以来初めてのことだった。

何もサボりに抵抗があるわけではない。高校の時だって、何度か授業を抜け出しては遊びに出るような、ごくごく普通の高校生だった。それでも初めてのサボりはやはり格別だ。全身で味わう開放感に肩で風を切りながら、俺はウキウキで自宅に帰った。

普段俺が大学にいるこの時間、サンタクロースと黒い女が何をしているのか興味はあった。ましてや俺には彼女たちの関係性を探るという任が課せられている。そんな事情と有り余る好奇心のまま、俺は息を潜めて自室の扉を静かに開いた。驚かせてやろうと思ったのだ。玄関扉の立て付けを熟知した俺は、完全な静音で室内へと潜入することに成功した。

狭苦しいアパートの六畳間では、黒い女がサンタクロースの首を絞めていた。

「……っ」

思わず、息を呑《の》んだ。

黒い女はサンタクロースに馬乗りになり、唸《うな》り声を上げながら両手で首を絞めていた。相当の力をかけているのか、時々床がギシリと軋む。首を絞められるサンタクロースは、ただされるがままだった。苦痛に顔を歪《ゆが》めることもなく、どこからか持ち込んだ漫画本を黙々と読みふけっている。

サンタクロースがあまりにも平然としているので、緊急性は感じなかった。頭ではそうわかっていたが、胸の内はとても落ち着いてなどいられなかった。飛び出しそうになる体を落ち着かせ、とにかく一度冷蔵庫の裏に身を潜めて様子を窺《うかが》うことにした。

「ふらみょん。今日は包丁使わなくていいの？」

声帯を押しつぶされているというのに、いつも通りの優しげな声音だった。

黒い女の様子は変わらない。荒い吐息を漏らしながら、渾身の力でサンタクロースの首を絞め続ける。サンタクロースは漫画本を横に置いた。それから手だけを伸ばして、床に無造作に置かれていた包丁を手に取る。

「ほら。いいよ、遠慮しないで」

サンタが差し出した包丁を、黒い女は受け取らなかった。しばらくして手を緩《ゆる》めると、寝転ぶサンタクロースの隣にちんまりと座りなおす。サンタクロースは上体を起こした。

「私じゃもう物足りなくなっちゃった？」

彼女は冗談めかして笑う。黒い女は、緩慢な動きで首を振った。

「私じゃなくても、灰原なら好きなだけ殺せるからってことかな。確かに私は絞めたり刺したりしたくらいじゃ死んであげられないけど……。なんか、妬《や》けちゃうかも」

サンタクロースは、飼い猫をあやすように黒い女の髪をなでる。

「ふらみょんは、本当に人を殺すのが好きだねぇ」

なんというか。

名状しがたい、二人の世界が広がっていた。

「でもね、あんまり我慢ばっかりでもよくないよ。もし誰かを殺したくなったなら、私でよければいつでも相手するからね。もちろん灰原だって頼めば死んでくれると思うけど、私だっているんだから」

黒い女は首を振り、膝を抱きしめてより一層縮こまった。

「あのね、ふらみょんは今、殺意に執着することだけで自分をつなぎとめているんだと思うの。殺すことだけがアイデンティティで、それ以外には何もないからっぽの幽霊。だから誰かを殺そうとすることは、ふらみょんにとって必要なことなんだ。本当に人を殺させるわけにはいかないけど、私だったら相手するから。だからほら、我慢しないで」

女はゆっくりと顔を上げる。垂れる黒髪の間から、ぐろぐろとした瞳が垣間《かいま》見《み》えた。

「それとも、どうして人を殺そうとするのか、もう忘れちゃった？」

歯を噛む音が響いた。ギリギリと歯を軋ませて、黒い女はサンタクロースを突き飛ばす。倒れ込むサンタクロースの上に再び馬乗りになった女は、先ほど以上の力で首を絞めた。

サンタクロースは満足そうに微笑《ほほえ》んだ。

「そうだよ、それでいいの。恨むのは私でいい。君をこんな状況に貶《おとし》めて、君の目的達成を阻《はば》んでいるのは私だ。いくら君が人を殺しても、私が時を巻き戻す。だから、君が本当に人を殺すためには、まずなんとかして私を殺さないといけない。だからね、その刃を誰に向けるべきなのか、よく考えて」

サンタクロースは床に置かれた包丁を再び差し出す。黒い女は奪うようにそれを受け取り、両手で握りしめて、大きく振りかぶった。

しかし、そこまでだった。包丁の柄が軋み、刃先がぶるぶると震えるほどに力が込められるが、女はそれを振り下ろそうとはしない。荒い息を吐いて、目を限界まで見開きながら、じっと静止した。

「……そっか」

サンタクロースは悲しそうに呟いた。

「これでも我慢しちゃうんだ。だけど、それは自分の執着を自分で否定することになる。こんなことしてたら、いつか君は君でいられなくなる。私はさ、もう君の願いを叶えてあげることなんてできないけれど、せめて君だけでも……」

黒い女はサンタクロースの上から離れる。サンタクロースは倒れ伏したまま、じっと天井を見上げていた。

「私、なにやってんだろ」

いや本当になにやってんだよお前……。

思わずツッコみたくなった。あまりにもあんまりな空気に、突入のタイミングを完全に見失っていた。こんな空間に踏み入る度胸は俺にはない。天下無敵の灰原雅人にも、不可能というものはある。確かに俺は彼女たちの事情に立ち入ると決めた。しかし物事には段階というものがあっていいと思うのだ。驚かせようとこっそり家に帰っただけで、いきなりこれを見せつけられるのはいくらなんでも想定外だ。もう少し心の準備をさせてほしい。

人知れず窮地に陥《おちい》った俺に助け舟を出したのは、この地獄空間を生み出したもう一翼。黒い女であった。

立ち尽くす彼女はサンタクロースを起こそうと服を引っ張る。それから、部屋の外を指差した。一瞬俺の存在に気がついたのかと思ったが、人差し指が向けられるのは玄関扉の方向だ。彼女の意図はわからない。だが、黒い女がこうして明確な意思を示すのは、俺が知る限り初めてのことだった。

「外に……出たいの？」

サンタクロースの問いに、黒い女は首肯した。これもまた初めてのことだ。日がな一日部屋の隅に座り込む彼女が何かに興味を示すなど、これまでになかった。

「ダメだよ。外にいる人を殺すのは、ダメ。殺すなら私か、せめて灰原にして」

黒い女は首を振る。手に持つ包丁を投げ捨てて、なおも部屋の外を指差し続けた。サンタクロースは困惑していたが、俺には黒い女の言わんとすることがわかった気がした。

「いいじゃねえか。外くらい出してやれよ」

座り込んだまま声を出す。弾かれたように立ち上がったサンタクロースは、すぐさま台所を覗《のぞ》き込《こ》んだ。冷蔵庫の裏に隠れていた俺を見つけると、彼女はわかりやすく狼狽《ろうばい》した。

「いつからいたの……？」

「首絞めてたとこから」

「……何回目？」

「全部で何回やってたかによるが」

サンタクロースは顔を真っ赤にしてしゃがみこんだ。蚊の鳴くような声で、四回と彼女は答える。マジで何やってんだよお前ら。内心ドン引きであったが、強いて触れることはせずに三回目からと事務的に伝えた。

「話戻すが、外に出たいなら出してやりゃいいじゃねえか。色々あるぞ。楽しいことも、嫌なことも。そのうちのどれかが、こいつにとって大事なものになるかもしれない」

「いやでもさ。ふらみょん、外出たら人殺すよ？」

「殺す気はないから、包丁捨てたんだろ」

彼女が投げ捨てたそれは、俺にはそういった意思表示に見えた。

「こいつもさ、本当は誰かを殺したくなんてないんだろ。だけど殺さないとアイデンティティが保てない。だから外に出て、別の執着できるものを探しに行こうとした。そういうことなんじゃないか」

「それは……。そうかもしれないけど、でも」

「俺はお前らの事情を知らねえけど、こいつだって何も考えてないわけじゃないんだなって今思った。そうだろ、黒いの。お前だって——」

黒い女は、放り投げたはずの包丁を両手で握りしめてじっと俺を見ていた。

妙に生き生きとした死んだ瞳で、そわそわしながら俺を見る。彼女たちとの共同生活を始めて以来、黒い女がこんな顔をするのを俺は何度も見てきた。彼女たちと出会ったあの日、確かに俺はこの部屋の居住権を得た。しかしそれは、黒い女が俺を殺すのをまったくやめたという意味ではない。およそ日に一度か二度のペースで、彼女は俺を殺したがる。

そんな時、黒い女はちょうど今のような顔をする。つまりこれは、彼女が今すぐ俺を殺したくてたまらないことを意味していた。

「あー。なるほどね」

「ごめんね灰原。わかってあげて、この子にはそれが必要なの」

「いや別にいいけどさ。結局こいつ、殺したいのか殺したくないのか、どっちなんだよ」

「たぶん、灰原ならいいんだと思う。気に入られてよかったね」

なぜか拗《す》ねるサンタクロースと、殺意に胸を高鳴らせる黒い女に挟まれて、俺は黙って両手を広げた。

いいぜ、来いよ。死ねって言うなら死んでやる。それも甲斐性《かいしょう》ってものなのだ。

＊＊＊＊＊

その後、巻き戻りを繰り返しつつ四回俺を殺した黒い女は、部屋の片隅でいつもの体育座りを始めた。

外に出るつもりはなさそうだった。いつもの仏頂面も心なしか満足げだ。彼女の殺人欲が存分に満たされたようで、俺も誇らしい気持ちになった。我ながらいい仕事をしたものだ。

「うむ。満足してもらえたようで何よりだ」

「……君さ。本当に、なんとも思わないんだね」

サンタクロースはもの言いたげな様子だったが、最後には「勝手にして」と吐き捨てた。人はみな日々色々なものを妥協しながら生きている。彼女が積み重ねた挫折の歴史の一ページとなってしまったことは心苦しい。しかしながら、何度も刺されていると段々癖になってくるのだ。痛気持ちいい感覚は今や俺の日常となっていた。

「なあ、サンタクロース。一つ聞きたいんだけど」

「なにさ」

「あいつ、どうして人を殺そうとするんだ?」

「殺したいからでしょ。そういう子なの」

彼女はおざなりに答えるが、それが全てではないことは先ほどの会話から知っていた。

「殺したい理由だよ。なにか明確な目的があるようじゃないか」

サンタクロースは押し黙る。俺は返事を待った。無言で流しても構わないような、安い気持ちで聞いたわけではない。少しして、ため息まじりの恨み言が返ってきた。

「盗み聞き、感心しないね」

「それについては悪いと思ってる」

「話したくない。悪いと思ってるなら聞かないでほしい」

「それとこれとは話が別だ」

今なら聞けると思った。こいつが事情を隠したがっているのはわかっている。それでも俺たちが過ごしたわずかな日々が、彼女の拒絶を和らげていることに期待した。

「灰原はさ。もし誰かが不幸になることで、誰かの不幸がなくなるのなら。その不幸を他人に押しつけられる?」

少し間をおいて、ためらいがちに返ってきたのはそんな問答めいた問いかけだった。

「程度による。許容できるくらいの不幸なら喜んで誰かに押しつけるぞ」

「悪い人だね」

「他人の不幸は蜜《みつ》の味って言うからな」

「じゃあ、その不幸が死に直結するような致命的なものだったら?」

道徳の試験ではなさそうだった。誰かの不幸を誰かに押しつけられるか。自分の不幸ではなく、あくまでも他人の不幸の話だ。それはトロッコ問題とよく似ていた。

トロッコ問題とは、『暴走するトロッコの線路上に五人の人間がいて、切り替えたレールの先に一人の人間がいるとする。その時自分がレールを切り替えられるポジションに立っていたなら、レールを切り替えるべきか否か』という問題だ。

誰かのために、能動的に誰かを犠牲にできるのか。問いかけの本質はそこにある。俺は倫理学者ではないし、哲学の本なんて読んだこともない。だから俺は、思うままに答えた。

「状況によるな」

「と言うと？」

「やっちゃいけない、なんて言えないだろ。でもやるべきではないと思う」

彼女はニコリともせず、つまらなさそうに頷いた。

「そうだね。私もそう思ってる。あの子もそうだよ」

サンタクロースは部屋の隅に座り込む黒い女を見た。定位置に座り込む黒い女は、うつむいたまま微動だにしなかった。

「それでもあの子は、それをやることにしたんだ」

＊＊＊＊

結局、話を聞けたのはそこまでだ。サンタクロースはそれ以上どんな質問にも答えようとせず、拒絶を顕《あらわ》にする彼女に俺も深くは聞けなかった。

別行動を取っていた棗からの連絡もあったので、俺は部屋から出てあいつと合流することにした。指定された合流地点はとても近い。近いどころか、俺のアパートの目の前だ。

アパートの入口で棗は既に待っていた。門柱にもたれかかり、極めて不機嫌なツラで腕組みをしている。俺の顔を見るや否や棗は吐き出した。

「おい灰原。なんなんだあのツーブロックゴリラは」

その言葉で俺は全てを察した。

例の不動産屋についての認識が合ったことを喜び、俺と棗はひとしきり奴の悪口で盛り上がった。あれは絶対に元野球部だの、月イチで古巣の高校に顔だしてはOB風を散々吹かせて帰るタイプだの、後輩たちからタンクトップワキゲゴリラの蔑称《べっしょう》で呼ばれているに違いないだの。例のゴリラを散々にこき下ろすこの瞬間、俺たちは最高に輝いていた。

つまるところ、棗があの不動産屋から得られた情報はゼロである。あの霊長類に一切の話は通じず、聞きたかったことは何一つとして聞けなかった。ただ無意味にフラストレーションが蓄積されただけだ。なんとも悲しい結末である。

「いやまあ、さすがにそれだけじゃ終われねえからよ。もう一個アテを思いついたんだ」

「へえ。と言うと？」

「このアパートの管理人だ。不動産なんて所詮《しょせん》は仲介業者だからな、あんな奴を間に挟まなくたって大家に直接聞けばいい」

なるほど理にかなっている。確かに我がアパートの大家なら、あのツーブロックゴリラよりはよほど話が通じるだろう。しかしあの大家のおばあちゃん、少々素敵にお年を召しすぎていて、多少認知症の気があるのだ。

「あのばあちゃん、いい人なんだけどな。ちょっとボケてたろ。話は聞けたか？」

「は？　若い女だったぞ？」

「……おばあちゃんではなく？」

「ああ。電話してみたが、出たのは二十代かそこらの女だった。大家って名乗ってたし」

これはおかしなことだった。三月に俺が部屋を求めてここに来た時、待ち受けていたのはちんまりとしたかわいらしい老婆であった。それが今電話を掛けると、若い女が大家と名乗っているという。なんとも不可思議な現象だが、俺はすぐに何が起きたかを理解した。

「まさか……若返ったのか……⁉」

「普通に代替わりしたんだろ」

「このアパートには時を操るサンタクロースがいるんだ。あいつが大家を若返らせたに違いない。今ここに、点と点が線で繋《つな》がった……！」

「代替わりしただけだと思うけどな、俺は」

棗はそんな夢のないことを言うが、俺は自分の推理に確信を持っていた。間違いない。あの大家はサンタクロースの手を借りて、若返りの秘術を使ったのだ。こうしてまた一つ、世界の不可思議が俺の手で解き明かされてしまった。

「話、続けるぞ。俺は電話口で、大家と名乗る女にお前の部屋のことを聞こうとした。返事は三つだ。『何も知りません。あの部屋についてお答えできることはありません。用事があるのでこれで』。電話はそこで切られた。なあ灰原、どう思う？」

「そいつ絶対なんか知ってるだろ」

「俺もそう思う。だからもう一回電話をかけたが、着信拒否されていた。随分な歓迎だよな。だからもう面倒になって直接ここに来た」

額に青筋を立てながら棗は口元に弧を描いた。この男、不動産屋ではゴリラと戦い、大家に電話しては速攻で切られ、随分と散々な目に遭っていた。俺が黒い女と包丁遊びできゃっきゃしている間に……。

「なあ灰原、大家の家知ってるか。こうなったら直接乗り込んでやる」

「大家ならこのアパートに住んでるけど。一〇一号室」

「よし来た。行ってくる」

「まあ待てってて。落ち着けよ」

頭に血が昇っている棗を行かせるのはまずいと思った。ここは部屋の居住者である俺が行ったほうが話も早いだろう。こいつはここで待たせておいて、俺は一人で一〇一号室のインターホンを押した。

「はい」

インターホンから聞こえてきたのは、棗が言う通り若い女の声だった。

「すみません、入居者の灰原です。おたずねしたいことがありまして」

「ああ、はい。少々お待ちください」

扉はあっさり開く。中から出てきたのは、俺や棗と同じ年頃の女だった。ふんわりしたミディアムボブに涼しげな顔立ち。ゆるっとしたニットのロングカーディガン。ちょうど出かけるところだったのか、彼女は外行きの服装をしていた。

「どういったご用件でしょうか」

大家はニコリとも笑わなかった。ぞくりとするほどに冷たい瞳をしている。知らない人が来たのでとりあえず対応しましたといった様子であったし、事実としてその通りなのだろう。愛想《あいそう》を意図的に廃したのではと思えるくらいに、この女は無関心な顔をしていた。

自分が望まれていない客であることは嫌でもわかった。手早く済ますべきだろう。ので、一番大切なことから聞くことにした。

「大家さん。単刀直入にお聞きしたい」

「はい、なんでしょう」

「あなた、最近若返りましたか?」

「は?」

ガチトーンで聞き返されてしまった。涼しい顔は微塵たりとも揺らがない。「何言ってんだこいつ」とでも言いそうな表情だ。そんな嫌疑の表情もまばたき一つの間に押し隠して、大家はやはり事務的に答えた。

「ああ、祖母のことをおっしゃっているのですね。前大家の祖母は今年の春で引退しました。今は私が引き継いでおります。ご挨拶《あいさつ》遅れまして申《もう》し訳《わけ》ありません、現大家の月島千《つきしまち》秋《あき》と申します」

まあそうでしょうね。そんな気がしてたわ。

「そうだったのですね。二〇四号室の灰原雅人です、よろしくお願いします」

俺は一般的に挨拶とされるものを行った。大学生は人間と似て非なる存在であることは今更語るまでもないが、俺のようにチンパンジーを凌《りょう》駕《が》する知能を持つ大学生は人間に擬態することができる。

俺は普通に挨拶をしたはずだ。しかし彼女は、わずかに表情を曇らせた。

「……二〇四号室？　二〇四号室の方、とおっしゃいましたか？」

「ええ、そうですが。何か」

「いえ」

大家は小さく息を吸う。それだけの所作の間に、表情は元に戻っていた。

「それで、ご用件は」

「二〇四号室についてお聞きしたいことがあります。あの部屋、ほら、出るじゃないですか。黒い女。あれについて何か知っていることがあれば――」

「何も知りませんね」

俺の言葉を遮《さえぎ》って彼女は言う。冷たいどころか、突き放すような声だった。

「あの部屋について教えられることは何一つありません。お引き取り願えますか」

「何も知らないということはないでしょう。少しお話を聞かせてもらえないでしょうか」

「お引き取りください」

重ねての拒絶に思わず怯む。その隙《すき》を逃さず、では、と短く言い残して大家は部屋へと戻っていった。

逃げられた。それどころかご丁寧に錠が落ちる音まで聞こえてきた。こうも露骨な対応をされると、やはり何か知っているのだろうと勘ぐりたくなってしまう。

「……そんなに言えないことがあるのかよ」

扉から離れ、一度棗が待つ門柱まで引き返す。俺たちは顔を見合わせた。

「どうする、棗。あの女まったく聞く耳もたねえぞ」

「みたいだな。引きこもられちまったし、打つ手なしだ」

俺たちの捜査ごっこは早々に手詰まりを迎えた。あの女は何かを知っているだろうが、話を聞けないのではどうにもならない。正攻法ではこの通りだ。何か、他に手はないか。

「なあ灰原。一回やりなおすってのはどうだ」

「はあ、やりなおすって？」

「これだけ警戒されちまったらもう聞けることも聞けんだろ。だから一回、この時間を巻き戻す。できるんだろ?」

棗は二〇四号室の扉を指差した。なるほど、悪くはない。失敗したなら巻き戻せばいい。それは大変に俺好みのやり方だった。

「それで行こう。棗、お前も来るか」

「ああ。せっかくだしどうなるか見ておきたい」

軽い足取りで二階への階段を上がる。ポケットから抜き出した鍵はなめらかに錠前へ突き刺さり、軽く回せばカコンと小気味のいい音を立てた。

「よーっす。帰ったぞー」

「灰原、もう帰ってきたの? 忘れ物? ……その人、誰?」

寝そべって漫画本をめくっていたサンタクロースが、顔だけをこちらに向けた。そこに棗の姿を認めると、急いで立ち上がって裾《すそ》を直す。室内をぱっと見回して、散らかしっぱなしの彼女の私物(主に漫画と菓子類である)を隠すように立って愛想笑いを浮かべた。

今まで強いて言及はしてこなかったが。この女、これで中々生活感があるタイプのサンタクロースだ。

「ちょっと灰原。誰か連れてくるんだったら先に言ってよ」

「すまん。こいつは棗、大学の友人だ。それよりサンタクロース、頼みがあるんだが」

「なになに、急に。どうしたの?」

「十分前に巻き戻してくれ。よろしく頼む」

靴を脱いで部屋に入る。棗は部屋に入らず、扉を開けたまま中を窺っていた。サンタクロースはその場で首を傾《かし》げ、黒い女は部屋の奥から棗を観察していた。

「行くぞ、黒いの」

クラウチングスタートのポーズを取る。それだけで何が起こるのかを察したのだろう。立ち上がった黒い女は、嬉々《きき》として包丁を俺に向けた。

「ふらみょーん！　俺だー！　殺してくれー‼」

俺は全速力で駆け出し、ふらみょん目がけて飛び込んだ。

それは見事なカウンターが閃いて、俺の首はすっぱりと切り落とされた。

＊＊＊＊＊

一瞬の幻惑。時間が巻き戻る際特有の感覚に頭を押さえつつ、俺は目をしぱしぱと瞬いた。

俺はアパートの前に立っていた。目の前には棗がいて、俺と同じように頭を押さえている。時間はぴったり十分前、俺が棗と合流して、ゴリラの悪口に興じていた時だった。

「なあ、棗。こう言って信じるかはわからんが、俺は今巻き戻ってきたところだ。よく聞け、何があったかって言うと」

「……いや。説明は不要だ」

棗もまた、何度も目を瞬きながら浅い呼吸を繰り返していた。

「全部覚えてる。あの大家に逃げられて、仕方ないからやりなおすことにしたんだろ。黒い女がお前を殺して、次の瞬間に目がくらんだと思ったら、気がつけばここに立っていた。この感覚、脳がバグるな。事前に聞いてなければ夢でも見てたと思うかもしれん」

棗は眉間《みけん》をもみほぐした。その感覚には覚えがある。現象としてはゲームで言うリスポーンによく似ているが、そこに生々しい実体験が加わると妙にそら寒い感覚がするのだ。五感で感じ取った死が嘘になり、何事もない日常へと突然に放り出される。夢と現実の境目が曖昧になったような気がして、妙な不安を覚えていた。

しかし、俺はこの感覚を何度も経験している。要は慣れの問題なのだろう。手に力を込めて今自分がいる場所を確認すると、不安はすぐに消えていった。

「棗、お前、巻き戻る前のこと覚えてるのか？」

「ああ。お前があの黒い女に飛び込んでいって、首を刎《は》ねられるところを確かに見た。一振りで首を切り落とすとか、どんな切れ味してんだよあの包丁」

「ツッコむところそこかよ」

棗が記憶を保持しているというのは誤算だった。死んだ当人である俺、巻き戻したサンタクロース、そして俺を殺した黒い女。この三人が巻き戻り前の記憶を保持しているのは知っていたが、棗はただ側で見ていただけのはずだ。

——いや、初めてサンタクロースと会った日に、彼女は確かこう言っていた。巻き戻りの軸になる人間の死との関係性が、記憶保持の鍵になるのだと。

「なあ棗。俺たちってどういう関係だ？」

「なんだよ急に」

「巻き戻った人間の死と関わりがあれば、記憶を保持できるってサンタクロースが言っていた。だから、お前が記憶を持っているのはこれが理由かもしれん」

なるほどな、と棗は頷く。少し考えてから彼は答えた。

「まあ確かに、前世から殺しあっていた俺たちなら不思議はないな」

「そうだな。ここで会ったが百年目だし」

「今生の決着いつつける？　死ぬ間際でいいか？」

「あー、そうすっか。あんまり早死するのもあれだわ。今回は適当にやろうぜ」

俺たちは互いの脊髄《せきずい》反射をぶつけあった。自分自身何を言っているのかまるで理解できないが、不思議とコミュニケーションは成立してしまう。これが大学生というものなのだ。

まあ、順当に考えれば目の前で死んだからというのが理由の大部分になるのだろう。棗がいない間に発生した巻き戻りについては、こいつも覚えていなかった。多少なりとも知っている相手が目の前で死亡する、というのがトリガーなのではないかと推測できた。

「まあいいや、説明の手間が省けたわ。棗、再チャレンジしようぜ。今度こそあの大家から話を聞き出そう」

「そうするか。今度は俺がやってみる。案外うまくいくかもしれん」

二回目の挑戦は棗一人で挑んだ。少し離れたところで聞いていたが、大筋は俺の時と同じだ。二〇四号室について聞きたいと言うと、あの鉄面皮女はわずかに顔を歪めて話を切り上げようとする。結局何一つ話を聞くことはできずに逃げられ、俺たちはもう一度巻き戻すことにした。

三回目。俺は二〇四号室のことをぼかして、このアパートで人死が起きたかを聞こうとした。彼女は素知らぬ顔で「そんなことは起きていない」と言ってのけた。仕方ないので二〇四号室のことをほのめかすと、やはり知らぬ存ぜぬで逃げられてしまった。

四回目、棗の挑戦。一度アパートから離れて、このあたりの心霊現象について調べているというスタンスで奴は挑んだ。黒い女について何か知っていることはないかとたずねたが、「迷惑なのでお引き取りください」とあっさり返り討ちにあっていた。

そして五回目。次の挑戦に臨む前に、俺たちはげんなりとした顔を突き合わせていた。

「なあ灰原……。あの女、ナチュラルに言葉キツくないか……？」

「いやまあ、突然押しかけて変なこと聞こうとする俺らも悪いかもだけどさ……。もうちょっと言い方あってもいいよな……」

「ニコリとも笑わないし、露骨に嫌な顔するし。めちゃくちゃはっきり拒絶するしさぁ」

「見た感じ俺らとそんなに年も変わらんのに。暴力的にしっかりしてやがる、ちくしょう」

この寒々しい都会砂漠で、大家という重責を負いながら生き抜く彼女は茨《いばら》のようにたくましかった。たくましすぎて彼女に触れた俺たちの体はズタボロだ。棘《とげ》があるのは結構だが、せめて薔薇のように豊かな美しさも見せてほしいと望むのは罪なのだろうか。

死んでやりなおすこと自体はなんとも思わないが、彼女の冷たい声は俺たちのメンタルを削り取るだけの力があった。このまま繰り返したらいずれ限界が訪れるだろう。俺たちがまだ泣いたり笑ったりできるうちに、なんとしてでもあの女から情報を引き出さなければならない。これは俺たちとあの女との生存競争だ。

「何をどう聞いても強硬姿勢だからなぁ……。正直なんとかなる気がまったくしないけど、とりあえずもう一回行ってみるわ。骨は拾ってくれ」

「いや……。灰原、ちょっと待て。一つ案を思いついた」

棗は顎下《がっか》に指を当てた。

「あの女は何をどう聞いても毎回同じように拒絶を示す。俺たちはなんとかして彼女から話が聞けるようなアプローチを模索している。しかし今のところ突破口は見えず、あの残忍極まりない拒絶にただただ精神をすり減らしている。つまりそういうことだよな」

「まあ、強いて現状を整理すればそうなるな」

「この構図、逆にしないか？」

逆にする、とはどういうことだ。俺は先を促した。

「俺たちじゃなくてあいつにループさせるんだよ。実際には俺たちもループするんだが、あの女には自分だけがループしていると思わせる。何度も何度も同じことを繰り返せば、あいつだってやり方を変えるだろ」

「ちょっと待て、どういうことだ。順番に説明しろ」

棗は大変に悪い笑みを浮かべながら、それは楽しそうに説明した。

俺のことを知った上で俺の死を目撃すると、巻き戻り前の記憶を保持することができる。この仕組みを利用して、彼女にも記憶を持ち越させるのがこの作戦の肝になる。

まず最初に、俺と棗はいつものように一〇一号室のインターホンを鳴らして大家を呼び出す。先ほどまでと同じように話を聞こうとするが、彼女は当然拒絶するだろう。それを聞いた俺は一人で二階にある二〇四号室に向かい、黒い女に頼んで致命傷を受けるのだ。

ここでポイントなのが即死しない程度の致命傷を負うこと。首尾よく瀕死《ひんし》になった俺は、事切れる前に部屋から飛び出し、廊下の欄干を飛び越えて一階の一〇一号室前へと飛び降りる。そうして、月島の見ている目の前で失血死するのだ。そうすることで、彼女は巻き戻り前の記憶を保持する条件を満たす。

その後はサンタクロースが時間を巻き戻すわけだが、大家が俺たちの話を拒絶した直後に巻き戻すように事前に頼んでおく。俺が二〇四号室に向かう直前だ。ここで重要なのは俺たちが巻き戻り前の記憶を持っていないように振る舞うこと。一回目とまったく同じ行動をし、月島だけが俺の死を記憶しているように思わせる。当然俺は同じように動くので、彼女が何もしなければ俺は再び月島の目の前で凄惨な死を遂げるだろう。

するとどうなるか。大家・月島千秋は、自分だけが死のタイムループに囚《とら》われたかのように錯覚するのだ。

これを何度でも繰り返す。彼女の心が折れるまで。名付けて偽造ループ作戦である。

一通りの説明を聞き、作戦の仔細《しさい》を理解した俺は、どうしてもこの男に言わねばならないことがあった。

「お前さ、絶対性格悪いだろ」

棗は当然のように答えた。

「今更かよ」

＊＊＊＊＊

月島千秋は大家である。耄碌《もうろく》するまで老境に至った祖母に代わり、この春よりアパートを仕切ることとなった新米大家である。

大家たるもの一〇一号室に居を構え、アパート内の森羅万象を見届ける責務がある。古《いにしえ》よりそう伝えられし祖母の教えに従い、月島は竹箒《たけぼうき》を無二の友として桜の花びらを掃き清める日々を送っていた。春のうちはまだいいが、夏になれば蟬《せみ》の死骸《しがい》を掃き清めることになるだろう。そんな宿命を粛々《しゆくしゆく》と受け入れ、彼女はそれなりの熱意を持って日々の責務に当たっていた。

大家業務は概《おおむ》ね滞りなく遂行していたが、そんな月島にも悩みのタネはある。二〇四号室。二年前、かつての入居者が室内で自殺した部屋だ。当時は祖母がアパートを取り仕切っていたこともあり、月島はその部屋で起きた事件に直接関わってはいない。しかし二〇四号室に関する話は祖母から聞いている。言ってしまえば、あの部屋、出るのだと。

あんまり近づかないほうがいいかもねぇ、なる気楽な忠言と共に話を聞いたのは入居者が決まった後だった。月島千秋はホラーの類いを得意としない。怖いのが苦手というわけではないが、どう取り扱っていいのかわからないのだ。怖くて危険だとわかっているものに、自分から近づく理由がわからない。ゆえに彼女は心霊の類いと距離を起き、同様にジェットコースターや犯罪ドキュメンタリーや電流イライラ棒とも距離を置いていた。

しかし、そうは言っても仕事は仕事である。自らの趣味嗜好《しこう》や確度の低い噂話《うわさばなし》なんてものは、職務怠慢の言い訳にならないと月島は考えていた。ゆえに月島は、来《きた》る春の初めに、清掃用のモップとバケツを携えて二〇四号室の扉を開け放った。

そして、それを目にしたのだ。

「二〇四号室について、お話を聞かせていただけますか」

あれから数週間。あの日の記憶もようやく薄れてきた頃に現れた男は、そんな質問をぶつけてきた。

彼は棗と名乗っていた。下の名前はもう覚えていない。月島にとって大事なのは、この男が二〇四号室について嗅《か》ぎまわっているということだ。当然ながら望まれない客である。

棗の隣にはもう一人、灰原という男がいる。こちらについては少しだけ聞き覚えがあった。確か入居者の誰かがそんな名前だったはずだ。おそらく彼がどこかから二〇四号室の噂を聞きつけ、真偽を確かめに来たのだろう。月島はそうあたりをつけた。

「何も知りませんね」

月島は平然とした声音で答えた。

突然に二〇四号室について聞かれた時は驚きこそしたものの、彼らに話をしてやる道理はない。面白がって噂をばらまかれ、それが悪評に繋がろうものならいい迷惑だ。

「お願いします。どんなことでもいい、知っていることがあれば教えていただけないでしょうか」

「そう言われても、お話しできることはありません」

「いいえ、きっと何か知っているでしょう。ほら、あの部屋、出るじゃないですか。幽霊みたいなやつが」

そこまで知っているのか、と内心月島は顔をしかめた。ひょっとすると、棗の後ろで黙っている灰原という男が噂をばらまいているのかもしれない。真偽はどうあれいい迷惑だ。

「お引き取りください」

強い言葉で突き放したつもりだった。しかし、彼らは動じなかった。

「そうですか……。仕方ないですね」

棗と灰原は何やらアイコンタクトめいた仕草《しぐさ》を交《か》わした。すると灰原はこの場を離れ、二階へと続く階段に向かった。その行動に月島は強い違和感を覚えた。

彼らは拒絶されることを事前に想定していたかのように見えた。無言の内に交わされたアイコンタクトはそれを疑わせて余りある。しかし、彼が二階に行ったからといって何になるのだろうか。

妙な様子は気になったが、特に自分とは関係ないだろうと月島は判断した。では、と短く言い残して部屋の中に戻ろうとする。しかし、棗は今まさに閉めようとした扉を押さえた。

「どういうおつもりでしょうか」

「待ってください。もう少し話を聞かせてください」

「何もお話しできることはありません」

「そう言わないでください。少し話を聞けたら、すぐに帰りますので」

「警察呼びますけど」

やけにしつこい手合だ。こういった手合は早々に国家権力に投げることにしている。これで相手が退けばよし、退かなければ本当に通報するのもやむを得ない。これはさすがに効いたのか、棗は引きつった顔をした。

その時だった。玄関扉を押さえる棗の背中越しに、月島はそれを見た。一〇一号室の真ん前に、何やら妙なものが落ちてきた。人間大もある物体だ。どさりとくぐもった音を立てて落下したそれは、地面に倒れ込んでぴくりとも動かない。

あれは一体なんだろう。頭のどこかが猛烈な忌避感を訴えたが、月島は現況確認を優先し、棗の横から落下してきたそれを覗き込んだ。

死体だった。

先ほど二階に昇っていった灰原が、死んでいた。


吐き気を覚えるよりも先に幻惑が訪れた。

夢でも見ていたのかと思った。これまで自分がいた現実が揺らいで、唐突に別の現実へと放り出されたような、そんな言語化しがたい非現実感があった。今の自分がいるのが夢なのか、現実なのか区別がつかない。しかし自分の実感は、今ここにあるものこそが現実だと声高に主張する。なんとも言いがたい奇妙な感覚だ。

奇妙なのはそれだけではなかった。目の前には棗がいて、そして先ほど死んでいたはずの灰原がいる。彼は何も言わずに棗の後ろに控《ひか》えていた。

「そうですか……。仕方ないですね」

脈絡なく、棗は言う。それから棗と灰原はアイコンタクトを交わし、灰原は二階へと続く階段に向かった。

このやり取りは覚えがあった。つい先ほど目にしたものととてもよく似た光景。寸分違わないとまではいかないが、彼らの行動は強烈に見覚えがあった。

「あの、すみません」

現状を飲み込めず、月島は棗に声をかける。

「先ほど何かありませんでしたか？」

「何か、と言うのは？」

「その……。上から何かが降ってきたり、だとか」

灰原の死体が降ってきた、とは言えなかった。月島は自分の頭がおかしいのではとも疑っている。何かがおかしいのは間違いがないが、一体何がおかしいのかはわからない。

「上からですか。特に何かが降ってきたりは」

そう言って、棗が上を見上げた時だった。

今度は月島もはっきりと目にした。見間違いなどありえない。重力に引かれて目の前に落ちてくるそれは、間違いなく灰原の死体だ。

動かなくなった人間の肉体が地面に激突する。どさりとくぐもった音すらも、聞き覚えのあるものだった。

月島は幻惑に頭を押さえる。これもまた覚えのある感覚だ。しかし背筋を凍《こお》らせる悪寒は、いまだかつて経験したことのない類いのものだった。

月島は意識して冷静さを保った。突飛な現状から目をそらさず、起きたことを柔軟に受け止めるべしと自戒した。その努力は功を奏し、彼女は自分が何に巻き込まれたかを理解しつつある。しかしそれは、彼女自身否定したくてたまらないものだった。

幻惑が収まり、瞳の焦点が定まる。目を開く。嘘であってほしいと願いながら。

「そうですか……。仕方ないですね」

目の前にいる二人の男は、棗と灰原はアイコンタクトを交わした。

この瞬間、月島千秋は理解した。

自分が今、時間の巻き戻りとでも呼ぶべき現象の中に閉じ込められていることを。


これで、七度目の巻き戻りだ。

月島は七度棗に引き留められ、七度灰原の死を目にした。そこに一度の例外もなかった。

あんなもの見たくないというのが、嘘偽りない本音である。君子危うきに近寄らずを信条とする月島にとって、死体など自らの人生にあってはならぬものの筆頭だ。ゆえに彼女は逃げようとした。早々に部屋に引き返してしまおうとした。しかし棗がそれを許さない。扉を押さえたり、腕をつかんだり、やや強硬な手を使ってでも月島を引き留める。結果として彼女は毎度のようにそれを目にすることになった。

目を閉じ、耳をふさいでしゃがみこんだりもした。しかし結果は同じだった。どさりとくぐもった音がしたと思えば、幻惑と共に時が巻き戻っている。これまでのループで理解したのは、何をどうしても逃げられないということだ。

どうして自分がこんな現象に巻き込まれているのだろう。そんな疑問に答えは与えられず、八度目のループが今始まろうとしている。逃げることはできない。ならばどうすれば、このループを止められるのか。

「そうですか……。仕方ないですね」

何度も聞いた言葉を口にし、目の前の男たちはアイコンタクトを交わす。そんな彼らを睨みつけながら、月島は拳を握りしめた。

＊＊＊＊

棗が考案した悪魔の作戦。俺の命を効率的に使用することで発動した偽造ループ作戦は、今のところ面白いくらいにハマっていた。

やりなおすたびに俺たちは何食わぬ顔で同じように振る舞うが、月島の行動は如実に変化した。最初の内こそ逃げようとしたり、しゃがみこんで震えていたりしていた彼女だが、今回の彼女は拳を握りしめて毅然《きぜん》とこう言ってのけたのだ。

「お待ちください、灰原さん。二階には行かないでください。行けばあなたは死にますよ」

俺が二階に行くことが巻き戻りの条件の一つであることに、月島は気がついていた。そして彼女はこのループを止めようとしている。全て俺たちの思惑通りだった。

俺は「ちょっと行ってくるだけなので」と言い残して二階へ向かった。後ろからはなおも引き留める声が聞こえたが、それは無視だ。待ち望んでいるのはそんな言葉だけの引き留めではない。俺たちが望む言葉を月島が言うまでは、ほんの少しでも期待は持たせない。

自分の部屋の扉を開けると、寝転がったまま漫画本をぺらぺらとめくるサンタクロースが出迎えてくれた。

「灰原さぁ。さっきから何やってるの?」

この時間に巻き戻してほしいと頼むと、サンタクロースは仔細も聞かずに協力してくれた。当初は俺たちのやっていることに興味もなさそうだったが、さすがにこう何度も繰り返すと少しは気になったらしい。

「ちょっとな。悪いけど、もう少し付き合ってもらえるか」

「それはいいんだけど……。灰原、死ぬのってあんまりよくないんだよ? わかってる?」

「大丈夫大丈夫。俺死ぬの好きだから」

「あのね。命ってこう、もっとかけがえのない大切なものだと思うんですよ。生きることや死ぬことに対して鈍感になるのは、私としてはあんまり喜ばしくないかもです」

それについてはまったくもって同感だ。何も命を軽んじているわけではない。俺だってちゃんと考えながら一回一回死んでいるのだ。

「必要だから死んでるだけだ。俺だって好きこのんで死んだりはしない」

「さっき死ぬの好きって言ってたよね」

「かけがえのないこの命を、大切にして生きたいね」

「行動と言動が一致しないなぁ」

まあ、言ってしまえば死んでもやりなおせるという前提があるから死んでいるだけだ。やりなおせもしないのに命を投げ捨てるほど愚かではない。たまには行動の自由が倫理観を無視することだってあるだろう。

それに、もしも誰かが死ななければならないのなら、それは俺の役目だと考えている。

「なあサンタクロース。これは俺のわがままなんだけどな。もしもお前が死んだら、俺はめっちゃくちゃ泣くぞ」

「そうなの。どうしたの、急に」

「お前じゃなくても、棗が死んでも俺はへこむ。他の誰が死んでも同じだ。たとえそれがやりなおせる死だったとしてもそうだ」

「まあ、そうだね。誰かに死なれるのは地味にへこむね。わからなくもない」

「だから、こういう役目は全部俺がやる。いいな」

黒い女がサンタクロースの首を絞めているのを見た時、なんとも言えない気持ちになったのを覚えている。あれがどういう気持ちだったのか、今になってようやくわかった。

俺はただ、サンタクロースが死ぬのが嫌だったのだ。

「……それ、どういう意味？」

「そういう意味だが」

「私があういうことやるのはお気に召しませんでしたか」

「そうだ。まったくもって気に入らない。死体がほしけりゃ俺に声かけろ」

「宣言通り本当にわがままだな、君は」

サンタクロースは露骨に面倒くさそうな目をしていた。こんな風に遠慮のない態度を示すようになったのはいつからだろう。彼女が他人行儀だった頃が、無性に懐《なつ》かしく思えた。

「いいよ、わかった。じゃあそうしよっか」

悪童のようににやりと笑い、サンタクロースは頷く。

「ふらみょんもそのほうが嬉しいみたいだし。どうせ私は時間を戻すしか能がない女ですよ」

彼女はそう言って大げさに拗ねてみせる。サンタクロースが言う通り、黒い女は何度も俺を殺せて嬉しそうにしていた。今も包丁を両手で構えて、今か今かと待ちわびている。

月島はまだ七回しかループを認識していないだろうが、実際のところ俺は十二回死んでいる。うまいこと月島の目の前で死ねなかったり、棗が引き留めに失敗して月島に逃げられたことが計五回あった。

「灰原、それでもやっぱり無理はしないでね。何やってるのか知らないけど、もし本当に辛かったらやめるんだよ。私でよければ話くらいなら聞くから」

「大丈夫だって。それより三時二十七分四十五秒に巻き戻すのだけよろしく頼む。ふらみよんも、刺すのは左胸の第四肋骨《ろっこつ》と第五肋骨の間だからな。手首を使って、刀身の三分の一くらいを入れるんだぞ」

「君のその無駄に具体的な指示もなんなのさ」

後は何度もやったことの繰り返しだ。黒い女が俺を刺し、俺は月島の目の前に飛び降りて失血死する。

今回の月島は、拳を強く握りしめて、真正面から俺の死と向かい合っていた。

＊＊＊＊

灰原を二階に行かせてはいけない。月島がたどり着いた結論はそれである。

この男が二階に行ったが最後、数分後には死体となって降ってくる。すると時間が巻き戻るのだ。彼の死が巻き戻りとどれくらい関係があるのかは定かではないが、無関係ではないだろう。そう推測した月島は、とにかく灰原が二階へ行くことを阻止しようとした。

言葉だけでの説得が無意味だということは、数回もやりなおしたらすぐに理解した。あの男、何を言おうとも足を止めない。そもそも話をちゃんと聞いているかも怪しい。月島がどんな警告をしようとも「ちょっと行ってくるだけなので」と軽くあしらわれてしまう。これでは駄目だ。彼女は手法を変えることにした。

次に試したことは実力行使だ。普段の彼女ならば絶対に取らない選択だが、人命がかかっているという大義名分もあった。それに、失敗しても巻き戻るだろうという打算もある。軒先に置いてある愛用の竹箒を手にし、月島は果敢に灰原へと挑みかかった。

結果は散々なものだった。いくら腹を決めたとは言え、相手は男が二人である。まるで赤子の手をひねるかのようにあしらわれ、構えた箒はいとも簡単に取り上げられてしまった。その上で嚢から「急に殴りかかるなんてどうしたんですか」と至極まっとうな指摘を受ける。言い返すこともできず、ほどなくして灰原の死体が降ってきて時間が巻き戻った。

説得はできず、実力行使も不可能に近い。声を張って助けを呼んだが、平日の昼間にすぐさま助けに来る誰かはいなかった。警察を呼んでも灰原が死ぬまでには来てくれない。打つ手がない。そこに至るまで、月島は実に十八回のループを経験させられていた。

「そうですか……。仕方ないですね」

お決まりの言葉と共に、男たちはアイコンタクトを交わす。十九回目の月島千秋は彼らを見ていない。佇《たたず》んだままに、視線を遠くに投げていた。

そもそもどうして灰原は二階に向かうのだろう、と月島は考えた。この男たちのことを知ろうなどとは微塵たりとも思わないが、この状況に至ってしまっては仕方ない。ループの過去に埋もれてしまった記憶を掘り起こして彼らの目的を探ろうとする。確か、この男たちは、二〇四号室について知ろうとしていたはずだ。

棗は二〇四号室について質問をし、月島はそれを拒絶した。すると灰原が二階に向かい、ほどなく死体となって降ってくる。灰原が二階に向かう目的は、月島も薄々感づいていた。

「棗さん。灰原さんは二〇四号室に行ったのですか」

「そうですが」

やはりそうだ。自分から情報が得られなかったので、彼は直接部屋を確認しに行こうとしたわけだ。しかし、どうして彼はあの部屋に入れるのだろうか。おそらくどこかの部屋の入居者だったと思うが。部屋に戻れば確認できるが、棗はそれを許してくれないだろう。

ひょっとすると灰原が二〇四号室の住人なのかもしれない。そう考えると辻褄《つじつま》は合うが、今度は別の疑問が生まれた。二〇四号室に入居者が入ったのは数週間前のこと。どうしてこのタイミングで、こんな事が起きるのだろうか。

仮定の上の疑問だ。答えが出るとも思えないので、一度横に置くことにした。他に考えるべきことは、どうして二〇四号室に入ると灰原は死ぬのだろうか、だ。そう考えた時、苦々しい記憶が蘇った。月島はその答えを知っている。実体験として理解させられている。しかし、それは、彼女にとって思い出したくもない記憶だった。

「あの……。月島さん、どうされましたか」

棗の指摘を受けて我に返る。気づかぬ内に歯ぎしりをしていたようだ。いえ、とだけ答えて力を抜く。思い出したくもないことは忘れればいい。辛かったり苦しかったりする記憶からは、いつものように距離を置けばいい。月島はそうやって生きてきた。

この際わからないことや考えたくないことは置いておこう。大切なのは、灰原が二〇四号室を確認しに行ったこと。彼がそうした理由は、自分が質問に答えなかったから。因果関係だけを抜き出すと簡単なことだった。

「仕方ない、か」

こんな得体のしれない連中にセンセーショナルな情報を教えることは苦々しく思うが、背に腹は代えられない。ループから脱出するためならば多少の身を切る必要もあるだろう。

しかし、ただで教えてやるというのも癪《しゃく》である。彼らが何者なのかくらいは、月島にも知る権利があるはずだ。

「まあ、今回はそろそろ時間切れでしょうけどね」

「月島さん？　どうされました？」

怪訝《けげん》な顔の棗に、諦めまじりの苦笑を返す。

「こちらの話ですよ。二十回目では、自己紹介からやりましょうか」

ほどなくして灰原の死体が降ってきて、十九回目のループは幕を閉じた。

＊＊＊＊＊

二十回目のループにて、月島嬢はついに陥落した。

「二〇四号室についてでしたっけ。いいですよ。お話ししましょうか」

やりなおすなり、彼女は不躾《ぶしつけ》に切り出す。俺は内心ガッツポーズをした。彼女が体験したループだけでも二十回、失敗を含めて実際に俺が死亡した数で言うと二十九回だ。これだけの回数を死んだのは俺自身初めてのことである。

「それは助かりますが……。突然ですね」

棗はしれっとした顔で演技を続ける。この男は、月島に質問の回答を拒否されたばかりという体裁を保ち続けた。この作戦にて直接月島と話していたのはもっぱら棗のほうだが、こいつの演技力も大したものだった。俺だったらどこかでボロが出ていたことだろう。

「気が変わっただけですよ。立ち話もなんですので。どうぞ、お入りください」

二十回もやりなおすまで断固拒否の姿勢を崩さなかった月島が、俺たちを自室に招き入れた歴史的瞬間である。しかし、だからと言って手放しで喜ぶ気分にはなれなかった。

この女。目がまったく笑っていないのだ。諦めた女の顔とはとても思えない。

「ついでですので、色々とお聞かせください。あなた方がどうしてあの部屋について知りたがっているのか。あの部屋のことを知って何をしようとしているのか。それくらいは話していただけますよね」

どうする、と棗はアイコンタクトを飛ばす。もう一回ループするかという意味だ。俺たちはこの偽造ループによって月島の心を折ることも辞さないつもりであったが、彼女は心が折れるどころか食いかからんばかりの覇気を放っている。正直言って、目が怖い。もう一周のループに逃げたくなる気持ちはよくわかる。

しかし俺は横に首を振った。彼女は予想以上に手強《てごわ》そうだが、俺たちの目的はあくまでもあの部屋についての情報を手に入れることだ。話ができるならばするべきだろう。

「俺の部屋に、黒い女が出るんですよ」

棗に代わって俺が言う。俺はこいつほど嘘がうまくない。だから思うがままに言った。

「それともう一人。今にも泣きそうなくせに、助けての一言が言えない赤いやつも。二人揃って浮かない顔して、辛気臭いことこの上ない。俺はそれをどうにかすることにしました。理由なんてものはそれだけです。だから、あの部屋について調べてます」

月島は少しだけ目を見開く。彼女の瞳は、俺の言葉を冷たく推し量っていた。

その時だった。ほんの一瞬、目が眩《くら》んだ。弱い立ちくらみのような小さな違和感。普段なら気にもとめないくらいの感覚だったが、それは死に戻りとよく似た感覚だった。しかし時間が巻き戻った様子はない。だとすると——今、何が起きた？

「灰原」

気がつけばサンタクロースがそこにいた。

アパートの壁によりかかり、腕を組み、憮然《ぶぜん》とした顔で俺を見ていた。

「何をしてるかと思えば、そう。そういうこと。私たちのこと嗅ぎまわってたんだ」

それは冷たい声音だった。ともすれば、敵意すらにじんでいた。

「辛気臭くて悪かったね。中途半端《ちゅうとはんぱ》に事情を話したことも悪かった。反省した。だからはっきり言っておく。私たちの事情に立ち入らないで。余計な詮索《せんさく》をしないで。何もしないで。死なないで。できれば早めに出ていって」

突然のことに俺は反応できなかった。状況を理解するよりも先に、彼女は言葉を継いだ。

「君のそれが善意だろうと悪意だろうと関係ない。私はもう、誰にも傷ついてほしくないんだ。あの子にも、君にも、他の誰にも。理解しなくていいよ。これが警告だってことさえわかってもらえれば、それでいい」

一方的に言い切ると、サンタクロースは返事も待たずに歩きだす。二〇四号室へと帰っていく彼女は、一度たりとも振り向くことはなかった。

今になって理解が追いついた。俺は今、サンタクロースに拒絶されたのだ。

「棗」

「わかってる。とっとと行け」

それでも俺は、やらねばならないことがある。月島と話すのは後でもいい。相棒にこの場を託し、俺は二階に続く階段を登った。

俺の相手は、サンタクロースだ。

＊＊＊＊＊

二〇四号室。俺たちが日々を過ごしたこの部屋で、サンタクロースは俺を待っていた。

窓際に軽く腰掛けて、手元にはロリポップを揺らしていた。初めて会ったあの日のように、赤い女がそこにいた。彼女は外を眺めていない。じっと、正面から俺を見ていた。

「灰原」

彼女は言う。

「何度死んでも諦めなかった君だ。どうせ私の警告なんて聞いてくれないんだろう。結局のところ、君は君の望むところをする。それが最悪の結果になることなんて考えもしない。違うかな?」

違わない。サンタクロースの言う通りだ。

俺はこの部屋で二人の女と出会った。わずかながらにも彼女たちに関わった。それから大学で棗と出会い、灰色を焼き尽くそうと誘われた。そして俺は選んだのだ。

だからこれは俺の意思だ。誰に頼まれたわけでもない。紛れもない俺の望みだ。

「お前の顔が気に入らない。何もかも諦めたような顔が気に入らない。口をつぐんで、じっと痛みを堪える顔が気に入らない。解決を時間に押しつけて、停滞に甘んじる顔が気に入らない。俺は、お前の、笑顔が見たい」

「それは無理だよ」

「無理なもんか」

話が平行線になるのはわかっていた。元よりこれは議論ではない。俺も彼女も、ここに決着は求めていない。これはただの意思表示であり、選手宣誓であり、宣戦布告であり、ただの意地の張り合いだった。

「かつて私はサンタクロースと名乗っていた。誰かに幸せを届けることが、今の私が望むただ一つのものだったから。だから私は、私のせいで誰かが不幸になることだけは、どうしても耐えられないんだ」

淡々と並べられたその言葉は、まるで悲鳴のようだった。

「君の努力の果てにあるのは輝かしい勝利じゃない。それはどうにもならない現実だ。これ以上近づけば君はただ無意味に傷つくだろう。だからお願いだ、どうかここで引き返してほしい。私はもう、どこの誰にも不幸になってほしくない」

「そんなこと言われたって、俺には未来なんて見えないからな。何がどうなるかなんてやってみるまでわかんねえんだ。だけど断言するぜ、俺は絶対に不幸にならない」

「君のその自信、どこから来るの？」

「若さだが」

「だろうね」

彼女は瞳を揺らさない。丸い瞳は、揺るぎなく俺を見据え続けた。

「幸せを求めてあがき続ける覚悟までは否定しない。正直に言うと少しだけ君がうらやましいよ。君が燃やしているそれは、私が諦めた多くの内の一つだから」

口ぶりこそ柔らかだが、これは最大限の拒絶に相違なかった。サンタクロースは自分の手で俺との間に線を引く。俺たちがわかりあえることなど決してないのだと。

「いいよ、わかった。君が何を望もうと、私は君を守ろう。死なないように。傷つかないように。壊れることのないように。たとえこの日々を壊すことになったとしても、私は君を守り続けよう。だけど私だって今の安寧《あんねい》を壊したいわけじゃない。だからこそ、私は、いつかの君に諦めてほしい。それだけが私の願いだ」

彼女は嚙み締めるように目を閉じる。やがて開かれた目には、善悪を超越した、深くて重い覚悟が宿っていた。

「ルールは一つ」

彼女は言う。

「幸福には、総量がある」

4章　サマー・フェスタ・オータム・ライブ！

幸せを探しながら生きることを選んだ夏の終わりからしばらく。すっかり秋めいた毎日を、私は慌ただしくも懸命に生き抜いていた。

生き抜く、という表現は今となってはいささか誇張《こちょう》気味かもしれない。生き死にの狭間を駆け抜けたあの事故に比べれば、この日常は穏やかと呼んで差し支えないものだろう。しかしそんなことを言ったって、混乱と狂騒に満ち溢れた日々は大変疲れるしお腹《なか》も空く。それもこれも、全ては日向向日葵なる暴虐の化身のせいである。

あの日以来、私は学校にそれなりに通っている。通わされている、と言うべきか。

学校なんて気がすすまないものと相場が決まっているが、私と同じく非行少女であったはずの日向がなぜかノリノリなのだ。彼女に引きずられ、私は毎日のように学校に行く羽目に遭っていた。それが普通だとは言わないでほしい。普通とは、私のようなはみ出し者を無自覚に傷つける言葉である。

どうしてこんなに乗り気なのだと、日向に抗議したことがある。彼女は平然と答えた。

「あたしが来たら、お前も来るだろ。それなら悪くないじゃねえか」

何が悪くないのかはまったくもってわからないが、誠に遺憾ながら彼女の思惑通りである。日向が行くなら私も行くかと考えてしまうのは事実だ。だからこそ、こいつがサボれば私も大手を振ってサボるのにと、自分のことを棚上げしてこの女を恨んでいた。

「……なんで私たち、学校なんて来てるんだろう。こんな場所来たって、いいことなんて一つもないのに」

そんな愚痴も漏らしたくなる。すると日向は、それは悪い笑みを浮かべるのだ。

「一つはあるだろ」

「なにさ」

「あたしに会える」

うるせえよ。

そんな風に日々精神をすり減らしながら学校に来ているわけだが、分類上は友人と呼べるかもしれない誰かがいる学校生活は、まあ、以前ほど悪いものではない、と表現できる可能性が考慮に値するか否かを現在検討中である。簡単に認めてしまうのは夕焼優希の沽《こ》券《けん》に関わるので、日向にはもうしばらく今の仏頂面を見せつけてやるつもりだ。たとえそれが無意味な努力だったとしても。

そんなわけで今も変わらず悩める若者をやっている私だが、学校のこと以外にも悩みのタネがあった。サンタクロースのことだ。

私が最後に彼女と出会ったのは、主観記憶にて病院の屋上だ。時間が巻き戻ってからは生きるのに必死で、あの女とはすっかりご無沙汰《ぶさた》になってしまっていた。以前は毎日のように会っていたというのに。

サンタクロースには聞きたいことが山ほどあった。あの現象はなんだったのか。彼女は一体何をしたのか。現象が終わった今も姿を現さないのはなぜか。それに何より、彼女が残した言葉が気になっていた。途方もない地獄とは、一体何を意味するのだろうか。

答えを求めて、私は放課後に度々サンタクロースの影を追った。街を歩きまわって、どこかに彼女がいないかと捜し求めた。

私はまだ、彼女と出会えていない。

＋＋＋＋＋

ある休日に、私は日向と外で待ち合わせをした。

待ち合わせ場所となったのは駅前の美容院だ。なんでそんな場所でと思ったが、日向が冗談を言っている様子はなかったので異は唱えなかった。

果たして日向はそこにいた。パンツルックに英字がプリントされたTシャツ。それからいつも着ているスタジャンを羽織って、スマートフォンをいじりながら佇んでいた。私は最初、それが彼女であることに気づかなかった。むしろまったくの別人かと思っていたが、その女の機嫌悪そうな表情は強烈な見覚えがある。あれは日向だ。しかし、確信が持てない。

なぜならば。日向向日葵のトレードマークでもあった眩《まばゆ》い金糸の長髪が、艶やかな烏《からす》の濡羽色《ぬればいろ》に染め上げられていたのだ。

「おせーぞ」

女が顔を上げる。やはり日向だ。彼女は、何か照れくさそうな顔をしていた。

「……おい。なんか言えよ。似合わねえなら似合わねえって言え。そのほうが気が楽だ」

「うん。前のほうが好きだった」

混じりけのない素直な気持ちを伝えた。強めに頭を小突かれた。なんでだ。

「お前な。こういう時は嘘でも似合うって言うもんだぞ」

大変に横暴である。なんなのだこの女は。

「で、急に一体どうしたの。失恋でもしたのか」

「まあ、ちょっとな……。優希、笑わないで聞いてくれるか」

日向は前髪をくるくるといじった。

私は神妙な面持ちで頷いた。日向向日葵は大切な友人、と形容しうる可能性があるのではないかという仮説が盛《さか》んに議論される疑惑の女だ。彼女が改まって話をすると決めた以上、その全てを受け止めることに異論などあるはずもない。それが友、だと一部有識者の間では言われているかもしれない、あーもういいや。それが友としての責務である。

「あたしさ、そろそろ真面目になろうと思うんだよ」

不覚ながら大爆笑した。ヘッドロックを食らった。ごめんて。

しばらくにゃんにゃんとじゃれあった後、笑い涙を拭《ぬぐ》いながら私は聞いた。

「本当にどうしたんだよ日向。一体どういう心境の変化だ」

その時にはもう、日向の表情から硬さは抜けていた。

「あの事故が起きてから、命ってやつについて考えるんだよ。命っつーよりも死についてかな。だってさ、人間があんな風に突然死ぬなんて思わないじゃんか。そりゃいつかは死ぬってのはわかってるけど、なんつーか……。うまく言えねえけど、死ってのが誰かの気持ちとは無関係に起きちまうもんだなんて思ってなかった。生きることにも死ぬことにもちゃんと理由があって、死ぬ時は辛くて悲しいけれど頭のどこかで納得しながら死ぬんだって、漠然とそう信じてた。でも、実際はそうじゃない。意味なんてなくても人は死ぬ。そう思うと、なんだかいてもたってもいられなくなってよ」

感覚的な言葉だった。私は日向の言わんとすることを正しく理解できなかった気がした。私はまだ、今を生きるだけで精一杯だ。自分が生きたり死んだりすることの意味なんて、考えたこともなかった。

しかし日向は考えることにしたのだ。自分が死ぬことの意味を。今、自分が生きていることの意味を。手探りの決意を秘めた彼女の目は、とても純粋で、眩しく見えた。

「だから、あたしさ」

純粋な瞳のままに、日向はにかっと笑った。

「これから死ぬほど勉強して警察官になるよ」

「……は?」

「世の中にはもっと正義ってやつが必要だ。な、お前もそう思うだろ?」

そう思うだろと言われても困る。なにゆえ警察官なのだ。非行少女生活が長い身としては、国家権力なんて敵だというイメージしかなかった。

「日向……? なんで警察なの……?」

「だってかっこいいじゃねえか。悪いやつをとっ捕まえて、この国の正義を守るんだ。それに銃だって使える。日本の警察って銃撃つの下手らしいじゃん? でもあたしはうまいと思う。誰も撃てない悪い奴を、ばばばーんって撃ったら表彰とかされちゃうんじゃね?」

お、おう……。そうか。うん。頑張ったらいいんじゃないかな。

空の彼方《かなた》まで飛躍していった彼女の思考をなんとか追いかける。たぶんだけどこの女、自分が生きることの意味を求めて何かをしようと決めたものの、特にこれと言ってやりたいことはないのだ。だからとりあえずの目標として警察になることにしたのではないか。ひょっとしたら、先日呼び出された警察署の何かが彼女の琴線に触れたのかもしれない。きっと消防署に行けば消防士になりたいと言い出すだろう。こいつなら十分にありえる。

「まあ……。頑張って。応援はしてるから」

方向性はともかくとして、何かをやろうというのは悪いことではないのだろう。苦笑しつつもエールを送る。一応、本音のつもりだ。

「おう。優希はそういうのないのかよ。将来の夢っつーと教員どもの顔が浮かんで気持ち悪いけどよ。これからのこととか、何かやりたいこととかさ」

「ええ……？　将来の夢ぇ……？」

そんなものはない。何度も言うが、夕焼優希は今を生きるので精一杯だ。これからのことなんて考えたこともなかった。

「そうだな……。一人暮らししたい、とか……？」

なんとかひねり出したのはそれだ。あの家に帰りたくないとは毎日のように思っている。現実的に不可能だと諦めてはいるが、届かぬ願いを夢と呼ぶなら、これが私の夢になる。

「一人暮らしだぁ？　やめとけよ。あれ、結構大変だぞ」

この女、言わせておきながら私の夢を笑いやがった。

「飯作るのも掃除すんのも洗濯すんのも面倒くせえ。ゴミは溜《た》まるし食い物は腐るしで、いいことなんかひとっつもねえぞ」

「ちょっと待って。日向ってひょっとして一人暮らしなの？」

「まあな」

「お金は⁉」「すげーこと聞くなお前」

少々はしたなかったかもしれないが、気になってしまったのだ。この女は、多くのものを諦めた私が捨て去ったものの一つを持っている。日向ならいいやと思って、私は無遠慮な羨望《せんぼう》と嫉妬《しっと》を向けていた。

「あー……。ま、お前ならいっか」

日向は頭をかいて、そろそろと話した。

「うちさ。あたしが小さい頃に親父《おやじ》が死んでんだ。お袋は長いこと再婚相手を探してたんだけど、最近になって見つけた男は前夫の娘であるあたしを邪魔に思った。あたしとしてもあんな奴認める気なんてさらっさらなかった。で、色々あって家庭がめちゃくちゃになった後、邪魔者のあたしに金だけ渡して家から追い出すことにしたってわけ」

おそらく『色々あって』の部分が肝なのだろう。日向はそこを大胆にそこを省略したし、私も聞こうとは思わなかった。彼女に羨望と嫉妬を向けてしまったことを後悔しつつ、そうなんだ、とだけ答えた。

「で、お前のほうはどうなんだよ」

自分の話なんてどうでもいいと言わんばかりに、日向は言う。

「お前だって事情持ちだろ。そろそろ話したっていいんじゃないか」

少し迷った。他人に言いたくない話であることは間違いない。以前サンタクロースに聞かれた時も、にゃんにゃんと鳴いてごまかした覚えがある。でも、まあ、こいつならいいんじゃないかなと。そう思えてくるのは、私も同じだったのだ。

「クズな男とクズな女が結婚して、たまたま堕《お》ろしそこねた私が生まれたの」

考えたくもないことを言葉に変えるのは、多大な苦痛を伴った。

「男のほうはDVで、女のほうはネグレクト。あの家に私の居場所はないし、たまに帰ってくるあの男に見つかったら殴られるか罵倒《ばとう》されるか、その両方か。別にもうなんとも思わないけど、一日でも早くあんな家から出ていきたい」

嘘だ。本当はそんな簡単な話じゃない。なんとも思わないわけがない。一日どころか、一秒だってあの家にいたくない。向かいあってしまった記憶がそんなことを盛んに叫び、私はうつむいて体を震わせた。やっぱり言うべきではなかった。わけもわからずに、ごめんと、小さく呟いた。

「優希……」

日向は唐突に私を抱きすくめた。

「生きててくれてありがとう」

「……なんだよ急に。気持ち悪いな」

「大丈夫だ。あたしはお前の味方だからな」

「ええい、鬱陶しい。さっさと離れろ」

人前で妙な真似をしないでほしい。私は日向を無理やり引き剥がした。なんなんだこの女は。以前から思っていたが、こいつ、時々感情的任せのスキンシップをする癖がある。

「なあ優希。もしよかったらお前、うちにこないか。一人だと色々面倒くさいんだ」

「私、お金ないけど」

「家事半分やってくれ」

「……絶対うまくいかないと思うけどなぁ」

「そこはほら、頑張るんだよ。な、いいだろ?」

本気で言っているのかこいつ。どういうお人好《ひとよ》しだ。呆《あき》れ半分に、考えとくよとだけ答えた。その時にはもう、体の震えは止まっていた。

それから私たちは駅前通りでウィンドウショッピングを楽しんだ。雑貨店だとか、書店だとか、服屋だとか。目につく店舗を片っ端から回り、面白いものを探してはしゃいで歩きまわった。そして私は何かの爆発に巻き込まれて死んだ。

+++++

久方ぶりの死は、気がつくまもないほどに突然だった。

私は死んだ。また死んだ。そして今朝の時点まで巻き戻り、階段下の寝床で目を覚ました。唐突に突きつけられた現実は、日常に寝ぼけていた私のスイッチを切り替える。またた。また、あの現象だ。この前の悪夢が再び巻き起こったのだ。

私とてあれで終わりだとは思っていなかった。サンタクロースが『途方もない地獄』と表現したからには、まだ何かあるだろうと警戒はしていた。しかし、このまま何も起きることなく、少しだけ色づいた毎日がいつまでも続けばいいと、頭の片隅で願っていた。

意味のない思考だ。私は今を生きている。これが前と同じだと言うのなら、未来を得るために行動しなければならない。それが全てだ。

家の人に見つからないように家から出る。時刻は朝だが日向との待ち合わせ場所に向かった。日向は既にそこで待っていた。彼女の髪は、艶やかな黒だった。

「おう優希。来たか」

「おいちょっと待て」

本来の待ち合わせ時間までまだしばらくある。なのになぜ、この女は既に髪を染めているのだ。まさか時間がちゃんと巻き戻っていないのか？　湧《わ》き上《あ》がった疑問を検討していると、日向は恥ずかしそうに答えた。

「髪を染めたのは昨日だよ。なんもおかしいことはねぇ」

「じゃあなんで美容院の前で待ち合わせたんだよ」

「だってよ……。もしイケてなかったら、染めなおさないといけないじゃねえか」

何しょうもねえこと気にしてんだ馬鹿かお前。私は口に出した。日向は怒った。かくして子どもの喧嘩《けんか》が始まった。

しばらくにゃんにゃんと喧嘩した後、私たちは肩で息をしながら現状について確認した。

「これってよ。また時間が巻き戻ったってことでいいんだよな」

「私は二人揃って白昼夢を見たという説を推したいかも」

「あー、そりゃ最高だ」

日向は鼻で笑う。楽しい休日が台無しになって、私たちは今とてもいい気分だった。

「私さ、足元で何かが爆発したってことしか覚えてないんだよね。日向は何か覚えてる？」

「ああ、埋設されたガス管の爆発だよ。お前は意識不明であたしは軽傷。爆発の時にちょっと離れた場所にいたせいだ。悪い、お前一人で死なせちまった」

「どうでもいいわ。女子中学生の手洗いか」

「あたしは死ぬならお前と一緒がいい」

「キモいんだけど」

右ストレート気味の暴言を叩きつけたが、日向はまるで意に介していなかった。

日向が言うには、私は爆発に巻き込まれて意識不明になったが即死はしなかったらしい。病院に搬送された数日後に息を引き取り、その時に時間が巻き戻ったのだと。死因は全身の熱傷から来る敗血症性ショック。つまりはやけどである。

「事故に巻き込まれたのは全部で十六人。死んだのはお前含めて二人で、入院が必要な重傷は三人。あたし含めた他の奴らは中軽傷で済んだ」

「ふうん。爆発した原因はわかる?」

「それがわからないんだよ。最初は管が老朽化したんじゃないかって言われてたけど、数年前に取り替えたばかりだって記録が出てきたらしい。構造的な欠陥だとか、何者かによるテロ行為だとか、お前が死ぬまでの数日間だけでもワイドショーでめちゃくちゃ議論されてたけど、原因不明のままだった」

そうなのか。まあ、数日で原因を特定するのは難しいだろう。気にはなったが、専門家が考えてわからないことがわかるとも思えない。とりあえずは気にしないことにした。

「あたしさ、やっぱりパイプ技師になろうと思う。今回のことでよくわかった。世の中にガス管なんてものがあっちゃいけないんだ」

「そうか頑張れ応援してる」

「任せとけ。パイプ王にあたしはなる」

意思は強靭《きょうじん》だが方向性が風見鶏《かざみどり》な日向を適当にあしらいつつ、私は考えた。聞く限りではただの事故のように思える。だとしたら話は早い、回避してしまえばそれで終わりだ。

「ねえ日向。事故が起きた駅前通り、ちょっと離れたところから見てようか」

「あー、そうだな。ここで話しててもしょうがねえし、まず現場行ってみっか」

事故を見届けてそれ以上何も起きなければそれでおしまい。事故が起きた後、もしもあの時のダンプカーのように強引な何かが私を殺しに来たのなら、その時どうするかを考えよう。誰かが事故で死ぬかもしれないが、どうせ後者になるだろうと私は予想していた。

しかし現実はそうならなかった。爆発は起きた。私たちの足元で。タピオカミルクティーを片手にのんきに駅前を眺めていた私たちは、二人仲良く爆死した。

＋＋＋＋＋

「なあ優希、今回は一緒に死ねたよな」

再びの待ち合わせ場所で、日向はそんな世迷《よま》い言《ごと》をのたまった。

なんでこいつがちょっと嬉しそうなのかはまったくわからないし理解したくもないが、私の気分は最悪だった。とても面倒くさいことになったのだ。

「あのね日向、状況わかってる？」

「わからん。説明してくれ」

「いっそ清々《すがすが》しいほど潔いな貴様……」

そうだろうとは思っていた。元からこいつに期待なんてしていない。

「爆発は所定の場所じゃなくて、二回とも私の足元で起きたの。つまりこれは私を殺すための爆発。あの時のダンプカーと同じで、現象が無理やり私を殺しに来たってこと」

「あー……。幸福の総量がなんとか、だったか？」

「そう。本来起きるはずの偶然の不幸を回避した時、幸福の総量を調整するために現象が発生して私を狙う。でも今回の場合だと、その本来起きるはずの偶然の不幸ってやつが思い当たらないんだよね」

現象の起因となる、本来起きるはずの偶然の不幸。今回の現象はそれがないのだ。

廃ビルの時は偶然発生した外壁の剝落事故を避けた結果、現象に操られたダンプカーが私を轢き殺そうとした。しかし今回は最初から私を狙った爆発事故が起きている。道理でガス管爆発の原因がわからないはずだ。現象ならば多少の不自然さは説明がつく。しかし、今回の現象は何がトリガーになったのだ。

「ひょっとしたら気づかないうちに回避してたのかも。日向はさ、なかったことになった偶然の不幸に思い当たることってある？」

「ガス管の爆発に匹敵するような不幸だろ。そんなもんがあったならさすがに気づくだろ」

こいつの言う通りだ。そんな規模の不幸を見落とすなんて、いくらなんでもありえない。

早速行き詰まってしまったが、ひとまずこの件については置いておこう。それよりも今は、私たちが直面している現象をどう切り抜けるかを考えるべきだ。

死にたくないなと、自然とそう思っていた。生きることはとても大変で、一度は諦めてしまった私だけど、今は死にたいと思わない。幸せってやつもまだ見つかっていないことだし、もう少し頑張ってみるくらいの気概はある。そんな自分の中の小さな変化を自覚した時、私は気づけば日向の顔を見ていた。

「なんだよ。なんで笑ってんだ」

「ううん、なんでもない。不幸についてはいいや、どう対処するかを考えよう」

さて、どうやって生き残るかだ。現象は私のすぐ側で発生するわけだし、なけなしの道義心に従うなら、周りの犠牲を減らすために人気のない場所に行ったほうが――。いや、違う。現象の目的は幸福の総量を調整することだ。いかに人気のない場所に逃げたからって、被害の多寡に影響はないはずだ。

やるべきことは、むしろその反対かもしれない。

「とりあえず、人の多いところで現象を待ってみるか」

「なんでだよ。そんなことしたら関係ないやつを巻き込んじまうだろ」

「それでいい。幸福の総量は一定なんだから、巻き込む人を増やせば、不幸が分散して一人一人が受ける被害は小さくなる。そうすれば、誰も死なずに済むのかも」

現象の原則に則《のっと》って考えるならそうなる。全ての不幸を一人で背負えばとんでもなく苦しむことになるが、二人なら半分だ。もっともっと多くの人数で分けあえば、不幸の量は限りなく少なくなるのかもしれない。

そう説明すると、日向は愉快そうに口元を歪めた。

「お前、知らんやつが死ぬのは嫌なのか」

「そりゃまあ、そうだけど」

「ちょっと前まで一人で生きていくみたいな顔してたくせに」

「ほっとけ」

いやまあ、確かにそんな顔をしていた覚えはあるけども……。他人がどれだけ死のうと自分さえよければいい、なんてことを思っていたわけではない。

「私は弱いだけだよ。私のせいで誰かが死ぬなんて、これ以上そんな罪は背負いたくない」

これが欺瞞だってことはわかっている。廃ビルの剝落事故の時だって、私はダンプカーの運転手に不幸を押しつける形で生き残ってしまった。彼が死んでしまったことを考えると、今でも体が震えるほどに怖くなる。あれは、間違いなく私の罪だ。

だからもう、ああいうことはしたくない。生き残るために手段を選ぶ余裕があるかはわからないが、私はそう思っていた。

「そういうやつだよな、お前は」

「うるさいな。日向だって人が死ぬのは嫌でしょ」

「いーや違うね。あたしはお前ほどひねくれてない」

「あーもー。そういうのいいから。ほら、移動するよ」

私たちは人混《ひとご》みを求めて町中を歩きまわった。ショッピングモールやライブハウス、大型デパートに繁盛しているラーメン屋。あちこち歩きまわった末に、ついにもっとも人が多い場所にたどり着いた。

その場所の名は駅前通り。最初に私が爆死した場所だった。この街にはここ以上に人が多い場所なんて存在しないという現実に、私はしたたかに打ちのめされた。その時ちょうど現象が発生し、私たちは爆死した。

＋＋＋＋＋

立て続けに三度も爆死すると、さすがに元気もなくなってくる。私はげんなりとした顔で待ち合わせ場所を訪れた。日向は変わらぬ様子だった。この女の生命力は閉口ものだ。

私はとんと困り果てていた。この街で一番人が多い場所ですら私は爆死した。誰かの犠牲なく生き延びるにはもっと多くの人が集まる場所に行かなければならない。しかし、爆発事故が起きるまでの数時間で行ける範囲に、そんな場所は存在しないのだ。

どうするべきか。悩んでいる私に、日向はあっさりと答えを突きつけた。

「人、集めりゃいいんだろ」

「はあ……。どうやって？」

「いい手がある。駅前で待ってろ」

日向はどこかへと駆け出していく。小一時間ほどで駅前にやってきた彼女は、白塗りのバンを運転していた。バンである。車である。路肩に止めたバンから降りた日向に、免許は持っているのかと聞いてみた。彼女はきょとんとした顔で答えた。

「んなもん、見つからなきゃ必要ないだろ」

「……世の中にはもっと正義が必要だとか、言ってなかったっけ」

「あ？　なんだそりゃ。あたしは闇を駆けるギャングスタになるんだ。そんなイモいもん知らねえよ」

どうして私はこの女と友人契約を結んでしまったのだろう。過去を悔《く》いることは多々あれど、こういった後悔は中々に新鮮だった。

日向はバンから二本のギターケースを引っ張り出し、背が高くてゴツくてイカついほうを私に押しつけた。こんなものを渡してどうしろと言うのだ。私にはいよいよこいつが何をしたいのかわからなくなった。

「ねえ日向、これ何？」

「ストラト。借りてきた」

「……誰から？」

「バンド友だちから。あたしさ、この辺でバンド組んでんだよ。機材一式借りてきたからすぐに演《や》れるぜ」

そんなことを言いながら日向はアンプをセッティングする。慣れた手付きだった。それが妙に腹立たしくて、不覚にも、私は小さく呟いてしまった。

「友だち、いたんだ」

「お、妬いたか？」

日向はからかうように笑った。

自分で言うのもあれだが、私はそれなりに冷静なほうだ。多少驚くようなことがあっても、一度は立ち止まって考える癖がある。その性分は私の深くまで根付いているものと思っていたが、なぜだかこの時、私は自分の感情を制御できなかった。

「妬いた。すっごく妬いた。一人で生きるのに飽きたとかなんとか調子のいいこと言っといて、自分は一人でもなんでもないじゃないか」

「優希？　急にどうした？」

「私が馬鹿だったってことだよ。もういい、帰る」

「おい、待てって」

日向は慌てて私の肩をつかむ。さすがのこいつもたじろいでいた。

「いや……。まあ、その、すまん。でもよ、あたしが荒れだしてからはあいつらとも疎遠だったんだよ。だけどお前と出会ってからあたしって変わったじゃないか。ちゃんと学校も行くようになったし、将来のことも考えるようになったし。だからまたあいつらともバンド組むようになって、それで」

「じゃあもう、私がいなくてもやっていけるね」

「んなこと言うなって」

日向は泣きそうな顔をする。その顔で許してやることにした。

許すと決めたので意識的に頭を冷やすと、なぜだか急に恥ずかしくなってきた。私今、とんでもなくくだらないことで怒っていなかっただろうか。別に日向に交友関係があったっていいじゃないか。そんなことで私が怒る必要なんてないはずだ。理性はそう納得したが、感情はなぜだか怒るのも当然だと言っていた。

……ひょっとして今のって、俗に言う痴話喧嘩《ちわげんか》――あーいや違う、絶対違う。そんなわけがないしそんなはずがない。ありえない。絶対に認めてなるものか。よしやめよう。これについて考えるのは終わりだ。

「それで、ギターなんかで一体何するの」

話題を変えることにした。頬が熱い気がしたが、幸いにも日向は気づかなかった。

「何って、さっきも言っただろ。人を集めるんだよ。だからライブするんだ」

彼女の言語を解読するのにしばしの時間を要した。私たちは人の多いところにいかなければならない。しかしそんな場所は思いつかない。ならば自分たちの手で人を集めればいい。どうやって？　そうだ、ギターを演奏すればいいんだ！

馬鹿じゃねえの。私は言った。日向は怒った。私たちはにゃんにゃんと喧嘩した。言うまでもなく馬鹿らしい喧嘩だった。

「喧嘩してる場合じゃねえだろ」

まったくもってその通りである。その一点に認識の一致を見たので、一時休戦となった。

しかし、そうは言っても音楽的文化活動で人を集めるのはいくらなんでも無理がないか。そもそも私、ギターなんて弾《ひ》いたことない。そんな抗議をしてみたが、日向はいつも通りに聞いてくれなかった。

「んなもん練習すりゃいいだろ。時間ならたっぷりあるんだ」

……時間ならたっぷりあると。それはひょっとして、死に戻りを考慮した上で言ったのだろうか。何度も死に戻りながら練習すれば、時間は無限に使えるのだと。そんな身の毛もよだつ恐ろしい推論を、この女は極めて気楽に肯定した。

「命かかってるほうが物覚えも早いだろ。おら、やるぞ」

そして日向は、問答無用で爆音を奏《かな》ではじめた。

しばらくの逡巡の後に、私もギターの弦をべんべん鳴らすことにした。何のことはない。考えることを諦めたのだ。代案も思い浮かばなかったので。

その後に起きたことは語るにも及ばない。駅前通りで繰り広げた私たちのへぼへぼライブはまったくと言っていいほど人を集められず、それどころか通りすがりの警察官に怒られている間に現象が発生して私たちは爆死した。

巻き戻った私は最悪に最悪を上塗りした気分で目を覚まし、それでも待ち合わせ場所となる美容院前に訪れた。そこには既に、見覚えのある白いバンが今か今かと私を待ち受けていた。あの女、今回もやる気のようだ。

私は天を仰ぎ見た。どうにもならない現実を前に、無力な人間は神に祈るしかない。

おお神よ。ギタリストの神々よ。

どうか私をお救い給《たま》え。

+++++

まずは簡単なコードを覚えろと日向は言う。こいつ、本気でこれがうまくいくと思っているらしい。まったくもって納得できていない私は、諦め半分に聞き返した。

「コードってそもそも何？　私、ギターなんて何もわからないんだけど」

よくぞ聞いてくれたとばかりに日向は頷いた。

「コードっつーのは、ハートで引くんだ」

日本語で喋《しゃべ》れ馬鹿野郎。私は言った。日向は怒った。私たちはにゃんにゃんした。

+++++

基本の運指を文字通り死ぬまで追いかけて、なんとか音らしきものを出せるようになった。

もっと早く覚えろと日向は急《せ》かすが、私だって必死なのだ。なんてったって命がけだ。むしろ音楽経験ゼロからほんの数日で覚えたことを褒めてほしい。

「ま、あたしは天才だから一日で覚えたけどな」

だったら一人でやれ馬鹿野郎。私は言った。日向は怒った。私たちはにゃんにゃんした。

＋＋＋＋＋

今回は初めて最初から最後まで曲を弾けた。

ところどころ音を間違えたり、外したりはしたけれど、それでも一度も止まることなく完走できた。正直に言うと心地よい達成感があった。ギター、ひょっとして悪くないかも。思わず口元がゆるむ私に、日向は真顔で言い放った。

「何浸ってんだお前。今弾いたの、原曲の半分の速度だぞ」

もうやだおうち帰る。私は言った。日向は怒った。私たちはにゃんにゃんした。

＋＋＋＋＋

何度も爆死するうちに、段々と何がなんだかわからなくなってきた。練習に必死で思考が鈍化しつつあるのは自覚していた。本当にこのやり方でいいのかとか、もっといい手段があるのではとか、そんなことはもう考えられない。それより今は目先のコードを追うので精一杯だ。

さすがにこう何度も死ぬまで弾き続けていると、嫌でも指がコードを覚える。コツをつかめば速度も上がる。同じ曲を何度も弾きなおしているうちに、私は原曲の速度に追いつけるようになった。

これなら文句もないだろう。期待を込めて日向を見ると、彼女は満足げに頷いた。

「よっし、じゃあ練習曲はこれくらいでいいだろ。明日からは本番用の曲に入っぞ」

これ練習曲だったのかよ。私は泣いた。あの女は悪魔だ。私にはもうにゃんにゃんする気力すらなかった。

＋＋＋＋＋

今回は黙って練習をサボることにした。

毎度毎度死ぬまで練習ばかりやっていられるか。私だって人間だ。人間には楽しいとか嬉しいとか、そういった感情をやる権利がある。これは逃避ではない、感情を取り戻しための戦いなのだ。

日向に見つからないよう一人で街を歩いていると、自然と目が楽器屋に吸い寄せられた。ギターなど見るのも嫌になっていたが、それだけでは割り切れない悲喜こもごもの感情がある。ギター、辛いけど楽しいのだ。この二つの感情が共存することを私は初めて知った。

これも何かの縁かと諦め、私は楽器屋に足を向けた。そんな風にたまたま入った楽器屋で日向と出くわしたのだから、思わず叫びそうになった。

「あー……。すまん、捜させちまったか？」

日向はバツが悪そうに頭をかいた。この女、私が彼女を捜しに来たと思っているらしい。瞬時の理解力で状況を把握した私は、彼女の言葉に乗ることにした。

「そうですね。いつも通り待ち合わせ場所に行った夕焼優希は日向向日葵が来ていないことに気がついて、町中を捜し歩いた末に楽器屋で当該の人物を発見しましたね」

「なんなんだその説明口調」

「なにか問題でも？」

「急に強気じゃん」

我ながら惚《ほ》れ惚《ぼ》れするほどのごまかしっぷりである。卑怯《ひきょう》とは言うなかれ。私とて我が身がかわいいのだ。日向は苦笑していた。

「で、どうしてこんなとこにいたの」

「ああ、ちょっとな」

　彼女は陳列されたギターの群れから、細めの一本を抜き出して私に手渡した。試奏してみろと促される。どういうことかわからずに聞き返すと、日向は照れくさそうな顔をした。

「前から思ってたんだが、お前に渡したあのギター、ありゃデカすぎだ。お前の体格だともっと小さくて細っこいほうが合ってんだろ。だから一曲弾ききった記念に一本見繕《みつくろ》ってやろうと思ったんだが、なっかなか決めらんなくてよ。時間食っちまった、すまん」

　不覚にも、うるりと来た。まさか日向がそんなことを考えていたなんて。私はてっきりこいつのことを、ただ厳しくすればいいとしか考えていない、時代錯誤の勘違い野郎だと思っていた。無責任な信念を振りかざして子どもたちの心に消えない傷を負わせつつも、自分こそが立派な大人だと主張する自称教育者と同類のクソ野郎だと思っていた。

「ありがとう、私頑張るよ」

　心からそう言う私に、日向はそっけなく返した。

「お前、素直だとなんか気持ち悪いな」

　私は怒った。日向は笑った。私たちはにゃんにゃんした。

＋＋＋＋＋

日向に選んでもらったマイニューギアを片手に、私は今回も駅前通りで練習に励んだ。

相変わらずうまくいくとは思えない作戦だが、今では多少なりとも乗り気になっていた。うまくいくならそれでよし、うまくいかなければまた考えなおせばいいだけだ。それに、ギターを弾くのは中々悪くない。我ながら現金なものである。

音楽というものはサーフィンに似ている。音の波に立ち向かえば溺《おぼ》れるし、乗り損《そこ》なってもやっぱり溺れる。しかし、うまく波をつかんだ時の爽快感《そうかいかん》は格別だ。そんなことを日向が語っていたが、さっぱり意味がわからなかった。

「何言ってんだお前。音楽は音楽だろ」

そっけなく言い放ったが、日向は怒らなかった。

「優希。答えは同じじゃなくていい。お前にはお前の音楽があるんだ、だろ？」

気持ち悪いなと思ったが、私は言い返さなかった。

私にとって、音楽とは今や見知らぬ他人ではなくなっていた。朧気《おぼろげ》ながら音楽を理解しはじめている実感がある。新たな相棒を爪弾《つまび》くたびに、その感覚はどんどん強くなっていた。

結果として今回も私たちは死んだわけだが、少しだけ変化があった。今回ガス管は爆発せず、代わりに駅構内で火災が発生したのだ。私たちは直接巻き込まれたりはしなかったが、駆けつけた野次馬に突き飛ばされ、路肩のブロックに頭を打って私は死んだ。

＋＋＋＋＋

死因の変化は進歩の証《あかし》だろう。そう納得した私たちは、より一層練習に励んだ。

今回もまた変化があった。昨日から練習しはじめたばかりの曲を弾ききった時、手を叩く音が聞こえたのだ。

弾いている途中は必死で気づかなかったが、何人かのギャラリーが私たちを囲んでいた。彼らがくれたまばらな拍手。それをどう受け止めればいいのか、私にはわからなかった。

「ねえ日向」

「ああ。さっきのセッション、サビ前のタタタンが遅れてたぞ。気抜くな」

「そうじゃなくて。ギャラリーいるけど」

「あー……。いんじゃね？」

日向は適当に片手を上げると、それ以上は見向きもせずにギターの弦をいじりはじめた。

なるほど、これでいいらしい。私は一応会釈を返した。彼らの反応は曖昧なものだったが、それ以上の何かをしようとは思わなかった。私たちに求められているのは愛想ではない。音楽なのだ。

なんだか手段と目的が逆転しはじめた気もするが、私たちは確実に前に進んでいた。突如として断線し、停電と高圧電流を周囲一体に撒き散らした電線もそれを証明している。この道がどこに続くかはわからないが、行くところまで行ってみよう。電流を浴びて薄れゆく意識の中で、私はそう思った。

＋＋＋＋＋

その曲を弾ききった時、何かがハマった感覚がした。

セッション自体は特別なものではなかった。日向が引っ張る主旋律に置いていかれないよう、必死に弦をかき鳴らすいつもの演奏だ。私は何度かミスをしたし、いい演奏だったとは言いがたい。しかし、何かが違ったのだ。

「ギタリストっぽい顔するようになったじゃねえか」

そうなのだろうか。自分の中の変化をつかめずに、私は戸惑うばかりだ。しかし日向は真剣だった。

「その感覚、忘れんなよ」

私はじっと手を見る。手のひらには今もまだ熱が残っていた。何度か手を閉じて開いて、しっかりと感触を確かめた。その時突然に気温が氷点下にまで急落し、空から降ってきた大きなあられが頭に直撃して私は死んだ。

＋＋＋＋＋

「もう教えることはない」

そろそろ現象が起きるという時に、日向はそんなことを言った。

正直に言って私は困った。私の演奏はまだまだ未熟だ。日向のアドバイス抜きに、一人でやっていけるとはとても思えなかった。

「免許皆伝ってわけじゃねえぞ。前も言ったが、お前にはお前の音楽がある。これ以上の口出しはノイズになっちまうって話だ。だから、これからはお前の音を探しに行け」

彼女の言うことは少しだけわかるような気がした。

以前から感じている音楽への理解。最初は朧気だったあの感覚は、今となっては無視できないほどに強く鮮烈なものになっている。

今ならば、私は音楽を理解できるかもしれない。前触れなく巻き起こった突風が吹き飛ばした看板に潰されて死にながら、私はやはり手のひらに熱を感じていた。

＋＋＋＋＋

ひたすらに。ひたすらに。ひたすらに。ただただ無心で楽譜の海へと潜り続けた。息を止めて、海の底に沈む宝石を一つ一つ探すように、輝く音を拾い集める。目を閉じればよく見えた。音の海は波ばかりではない。一度潜れば、深くて青い海がどこまでも広がっている。

見つけだした音を弦に乗せて爪弾くと、一音ごとに青い世界が広がりだす。無心の集中が作り出した無限の音階。どこまでも。どこまでも。手のひらに熱を灯しながら、深く、深く、降りていく。

底はまだ遠い。それでも私は理解した。たとえ一部であろうとも、私はそれを理解した。

海の果てには、光り輝く星がある。

＋＋＋＋＋

気がつけば、大歓声の中にいた。

何がなんだかわからなかった。目の前に集まった多くの人たちは、どうしてこんなにも騒いでいる。そもそも私は何をしていたのだろう。私の手にはギターがあって、隣には日向がいて、手のひらにはかつてないほど強い熱が灯っていた。

「やったじゃねえか」

日向は満面の笑みで私の背中を叩く。その時になってようやく頭が追いついた。弾いたのだ。私の。私たちの、音楽を。

「やっぱお前、センスいいわ。あたしの音とも相性がいい。お前にギターを渡したあたしの目は間違ってなかった」

よくもまあ、そんな調子のいいことを言えるものだ。私は思わず笑ってしまった。

「散々こき下ろしたくせに、よく言う」

「そりゃ名コーチだからな」

日向はまるで悪びれない。私は笑って肩をすくめた。

いつかのように、日向はギャラリーに片手を上げた。私も小さく会釈をする。今も鳴りやまぬ歓声は大きな拍手となり、心地よい達成感と共に私たちはそれを受け取った。

その時、急に雲模様が変わった。またたく間に天候が急変し、あたり一帯にバケツを引っくり返したような大雨が降りだした。集まっていた人たちは突然の雨に降られて、蜘蛛《くも》の子を散らすように逃げ出した。雨はざあざあと降り注ぐが、それ以上何かが起こる様子はない。駅前の時計を見ると、いつも現象が発生する時間を過ぎていた。

なるほど、この雨が大勢に分散された不幸ってやつのようだ。最初の爆死に比べればなんともかわいらしい。なんだかとてもおかしくて、私たちは濡れることもお構いなしに雨の中でげらげらと笑い転げた。

「なあ。あたしらの夢って、なんだっけ」

めちゃめちゃに笑いながら日向は聞く。笑い涙を浮かべながら私は答えた。

「そりゃ世界一のギターデュオっしょ」

きっと日向が正しかった。将来の夢なんてものは、こんな風に勢い任せに決めるくらいでちょうどいい。何を目指すかは大した問題ではない。そこを目指して全力で走れるのなら、なんだっていいのだ。

向こう見ずな希望を無責任に未来に投げつけて。ずぶ濡れの私たちは、雨よりも熱くハイタッチを轟《とどろ》かせた。

5章　青くて春な馬鹿だから

春の狂乱から一月も経ち、陽気に浮かれる構内も徐々に落ち着きを取り戻しつつあった。

右も左もわからなかった新入生たちは、直面した最後のモラトリアムの意味を理解しはじめ、大騒ぎしながらなんとか自分たちの居場所を見つけだした。サークル活動に青春を懸けるもの。バイトに命を燃やすもの。己の趣味へと邁進《まいしん》するもの。大学生らしさに背を向け学問の道を志すもの。あまりの自由さに目がくらみ、学内から姿を消したもの。キャンパスライフは人それぞれだ。

無論、俺たちだって大学生だ。大学生たるもの愉快で痛快な大学生活を享受する権利と義務がある。日本国憲法でもそのように定められている。ならば俺たちが青くて春なハッピーライフを踊り狂っているかと言えば、そんなわけはなかった。

「なあ。棗」

「どうした」

「青春ってなんだろうな」

棗は無言でラウンジを指差した。俺たちが通う雨城大学北館一階にあるラウンジは、青春主人公たちのダンス・フロアになっている。複数人の男女がテーブルを囲み、勉強会と称した乳繰り合いに興じる様がそこかしこに散見された。

「あれだ。やりたいのか」

「高校の頃の俺だったらやりたいって言ってたかもな」

なんだかんだと言っても、大学生ってのはああいうものだと思っていた。サンタクロースや黒い女の件がなく、棗と出会うこともなければ、俺もああしていたかもしれない。

「じゃあ、今は違うのか」

「あいつらよりも俺らのほうが馬鹿だろ。お前とくっそつまんねえことやってるほうが、最高に生きてるって気がするわ」

「じゃあ、これが青春ってやつだよ」

気持ち悪いことを言うやつだった。俺たちはしみったれた灰色の青春をげらげらと笑い飛ばした。俺たちの友情はこのようにして成り立っている。

薔薇色の大学生活に乗りそこねた俺たちだが、灰色は灰色なりにやるべきことがある。マジ卍《まんじ》している暇などないのだ。俺たちはラウンジの隅にある机に陣取った。薔薇色から慎《つつ》ましく距離を取る生き物ほど、隅のほうの机を選ぶ習性がある。

「で。何かわかったのか」

棗は机に頬杖《ほおづえ》をつく。期待していなさそうな態度だった。

「この辺だと四年前に強盗殺人が一件、六十代の老夫婦が殺されてる。あと、一年前に交通事故で二人死んでるな。乗用車での事故で、犠牲者は三十代の男女だ」

黒い女とサンタクロースが抱えた事情に迫るべく、俺たちはこの街で起きた事件を調べていた。何か黒い女に関する手がかりがないかと思ってのことだが、結果は芳しくない。

「聞いただけでも黒い女とは関係なさそうだな。他に事件や事故はあったか？」

「二年前に駅向こうにある廃ビルの外壁が崩れ落ちたみたいな話はあったが、特に誰かが巻き込まれたわけじゃない。まったくもって平和なもんだよ」

「そうか……。そうなると困るな。どんなことでもいい、何かないのか？」

「購買で当たり付きお菓子いっぱい買ったら八割くらいの確率で当たってた」

「そういうのは別に求めてない」

個人的な幸運を抜きにすれば、関係がありそうな情報は得られていない。俺のほうははっきり言って空振りだ。なので棗のほうに期待していたのだが、こいつも微妙な顔をしていた。

「俺は報道されない死者について探ってたんだ。黒い女の特徴に合致する人間の病死とか、自殺とか、行方不明みたいな話。つっても、十分に調べられたとは言いがたいな……。せめて名前がわかれば、もうちょっとやりようもあるんだが」

本末転倒である。それがわかれば苦労はしない。サンタクロースに聞けば一発だろうが、あの様子ではとても協力などしてくれないだろう。

そんな具合で調査はすっかり難航していた。やはり素人の俺たちでは限界がある。レポートの資料集めにすら苦戦するのに、悪霊女の素性をつかもうなど夢のまた夢であった。

「名前なら、わかりましたけど」

その女は、冷ややかに言い放って空いた椅子《いす》に腰掛けた。

女は大きめのトートバッグをテーブルに置くと、中からアボカドとサーモンのベーグルサンドを取り出した。三時のおやつと呼ぶにはまだ早いが、彼女の場合は遅めの昼食だろう。大学生にあるまじき勤勉さを持つ彼女は、昼休みは付属図書館に籠《こ》もり推薦図書をめくるという、人間離れした生態をしていることがつい最近判明した。

彼女の名は月島千秋。我が愛するアパートの新米大家であり、そして奇遇にも俺たちと同じ大学の学徒であった。

あの日、俺たちは偽造ループという矛をもって彼女の堅牢《けんろう》な盾を貫いた。厳重に閉ざされたあの部屋の秘密を、ついに聞き出すことができたのだ。

明らかになったのは三つの事実。一つは、あの部屋では過去に自殺者がいたこと。もう一つは、月島もあの部屋で黒い女に殺されて、時が巻き戻るような体験をしたこと。最後の一つは、それ以来彼女はあの部屋に入っていないこと。以上だ。

それはつまり、何一つとして収穫が得られなかったことを意味していた。この女、つい最近祖母からアパートを引き継いだばかりであり、あの部屋が事故物件である以上のことは何も知らされていなかったのだ。

しかしまったくの無駄足だったわけではない。彼女が今こうして俺たちに協力してくれていることこそが、俺たちが勝ち得た唯一の戦果である。

「月島さん。何かわかったのか」

月島は沈黙を返す。俺と棗の顔を順に見て、もごもごともの言いたげにしていた。

「どうかしたか？」

「いえ。あなた方と同学年という現実が、未だに受け入れられなくて」

俺と棗は経済学部。月島は法学部。三人揃ってぴかぴかの一年生である。奇妙なところで合致した縁を俺と棗は喜んでいたが、月島女史はこの様子である。

「何度も言いますけど。私はあの日のこと、まだ許していませんので」

「いやまあ……。それは悪かったって。俺らも必死だったんだよ」

あの日、この女から新事実を引き出せないことがわかった後、今度は月島のほうから質問があった。俺たちは一体何をしているのかと。半《なか》ば以上に怒っている彼女に気圧《けお》される形で、俺たちは彼女を巻き込んだ理由と方法について説明した。

最初、彼女は目を丸くするばかりだった。事情を飲み込むにつれて彼女の目はどんどんと釣り上がり、やがて烈火の如《ごと》く怒り出した。なんとか宥《なだ》めすかして、今ではこうしてお話しできるようになったが、彼女の内にはまだまだくすぶるものが残っているようだ。

「そんなにあの部屋について知りたいなら、普通に聞いたらよかったじゃないですか。あんなやり方、非常識にもほどがあると思いますけど」

「最初は俺たちだって常識的なやり方で聞いたんだよ。でもな、二〇四号室について聞こうとしたら、あんた一切の対話を拒否したんだぜ」

「それは……。まあ、そういった事実もあったかもしれませんね」

そうごまかす彼女の腹はわかっている。どうして月島があんなにも二〇四号室について口を閉ざしたかと言えば、この女、基本的に怖いものは避けて通るのだ。

ホラー映画は見ないし虫にも触らない。幽霊なんてまっぴらごめんだし、あの部屋についての詮索なんて関わりたくもない。座右の銘は君子危うきに近寄らずであるらしい。怖いもの見たさの申し子たる俺には信じがたい生き様だ。

「とにかく。あなたが死ぬのは勝手ですが、私の前では金輪際やらないでください」

「わかったっつの。それ何度も聞いたから」

「何回でも言いますよ。あんなもの、もう二度と見たくない」

「もう十九回は見たじゃん」

「私は怒っている、と言ったほうがよろしいでしょうか」

俺は両手を上げた。降参である。それで満足したのか、月島は語調を弱めた。

「まあ、その、あなた方の事情も聞かずに拒絶してしまったことは私の落ち度でした。こんなことを言いますが、あなたがあの部屋について知りたがるのは正当であることは認めていますので」

一転して彼女は自らの非も認めてみせた。

あの日の彼女も、烈火の怒りを俺たちに叩きつけて溜飲《りゅういん》を下げた後、自分から助力を申し出たのだ。「あなた方が二〇四号室の幽霊をどうにかしたいと言うのなら、私もできる限りは手伝いましょう」と。これで彼女、筋はきっちり通すタイプらしい。俺たちは月島のこういうところが好きだった。

「認めてくれるならそんなに怒らなくてもええやないの」

「それとこれとは話が別ですね」

「仲良くしようぜ。俺たち、いいチームになれると思うんだ」

「この際だから言っておきますが、あなた方とは適度な距離を置きたいです。間違っても友人関係だなどというあらぬ誤解が生まれないように」

本人を目の前にここまで言ってのけるとは、大した女である。そこまで言うなら上等だ。友人だなんてとんでもない。そんな生ぬるい関係性、俺だって望んでいない。

「おいおい棗、聞いたかよ。今や家族以上の存在と呼んでも過言ではないつっきーが、なんだかかわいいこと言ってるぜ」

「まあそう言うなよ灰原。桃園の下に結束を誓った義兄弟たるちーちゃんでも、照れ隠しくらいはするだろうよ」

「月島と呼びなさい。さもなくば家賃を上げますよ」

「月島さん。俺は君に何一つ興味がない。この件が終わったら、記憶を消して赤の他人に戻りたいとすら考えている」

「いいぞちーちゃん。上げたれ上げたれ」

俺は棗と死闘を繰り広げた。この男だけは生かしてはおけなかった。そんな俺たちの不毛な争いを横目に月島はベーグルサンドを頬張《ほおば》り、帰りたいと小さく漏らした。

「で。そろそろ本題に戻りますが」

「月島さん、ちょっと待って。今この男の息の根を止めるところだ」

「やってみろよ灰原。お前の家賃を上げるためなら、俺は手段を選ばんぞ」

月島は特に気にすることなく続けた。

「日向向日葵。あの部屋で自殺した、前入居者の名前です」

＊＊＊＊＊

月島は前大家である彼女の祖母から、あの部屋にまつわる話を聞いてきてくれた。前入居者の名前は日向向日葵。十七歳。あの部屋で一人暮らししていた女子高生だ。

高校進学と共にあの部屋に引っ越してきた日向は、大した不良少女だったらしい。学校にもロクに行かず、毎日どこかへぶらついては生傷を作って帰ってくる。アパート内でも爆音でギターをかき鳴らし、隣室の住民に注意されようと聞く耳を持たない問題児だった。

そんな彼女の荒れた生活は、今から二年前の冬の日に自殺するまで、一度たりとも変わらなかったという。

彼女が敢行した自殺というのも荒っぽい手口だ。刃物で心臓を一突きである。手口が凶悪であることと、彼女が自殺に至る動機が不明であったことから、警察は当初他殺の線で捜査していた。しかし他殺に繋がる決定的な手がかりは見つからず、最終的には彼女が凄《すさ》まじい胆力で自分の心臓を刺《さ》し貫《つらぬ》いたという結論に落ち着いた。

その後部屋の清掃が終わり、次の入居者を探すという段になって、黒い女と赤い女があの部屋に出没するようになったらしい。

「祖母から聞いた話は以上になります」

月島はそう話をしめくくる。こうして聞いただけでも色々と気になることがあったが、俺には真っ先に確認しなければならないことがあった。

「じゃあ、前大家はあの部屋に黒い女が出ることを知ってたんだな。なのにどうして次の入居者を探したんだ?」

「それ、私も聞きました。返答を一言一句そのままお伝えしますと、『あー、やったら貸さんほうがよかったかもねぇ』と言っておりました」

「……幽霊が出る物件を貸してはいけない、ということに思い当たらなかった?」

「祖母、ボケてますので。クレームがありましたら私が受け付けます」

ああ、そう、ボケていたからか……。そう言われてしまうと納得するしかない。俺がこのワンダフルなアクティビティの渦中に関わる原因が一人の老人の認知症だったとは、中々に数奇なめぐり合わせだった。

まあ、その点についてとやかく言うつもりはない。俺はあの部屋に満足している。なんたって刺激的な体験ができる上に、家賃がとにかく安いのだ。文句などあろうはずもない。

「自殺の動機がないってのが気になるな。随分豪快な手口だが、本当に自殺だったのか?」

俺に代わって棗が聞く。そこは俺も気になったところだ。しかし月島は首を振った。

「あの部屋からは当人以外の痕跡《こんせき》は検出されず、アパート共用部の監視カメラにも彼女の部屋に入った人間は確認されていません。状況的に他殺は不可能、その上包丁からは彼女の指紋が検出されています。また、白昼の事件ということもあり彼女に恨みを持つ人間には軒並み動機がありました。これで自殺じゃないと言うほうが難しいです」

「恨み？　日向向日葵は恨みを買っていたのか？」

「それが殺害に値するほどかはわかりかねますが、多少は。アパートの隣人とは騒音問題で諍《いさか》いが絶えず、外出先でもしょっちゅう喧嘩をしていたようです。また、彼女は少々特殊な家庭環境をしていまして、義父に当たる人間との仲も険悪でした」

「……話変わるが、随分と詳しいんだな」

「うちの祖母、こういうの好きなんですよ。警察の方からあれこれ聞き出したようで。お恥ずかしい限りです」

棗は目線を落としてじっと考え込むと、数秒ほどで再び顔を上げた。

「まあ、警察がそう判断したなら自殺なんだろう。誰かが殺したと考えるのは難しそうだ。サンタクロースなら超常的な力を駆使して殺せるかもしれんが、彼女にそうする動機もない。そうだよな、灰原」

「サンタクロースが日向を殺す、か。ちょっと考えづらいが、ないとは言わないぞ」

「そうなのか？」

サンタクロースと出会ったばかりの俺なら、ありえないと答えたかもしれない。だが、彼女のことを知るうちに、彼女についての認識も変わっていた。

「もしどうしてもそうするしかないのなら。そうすることが誰かを救う唯一の術だったのなら。あいつは、何もかも覚悟の上で誰かを殺すのかもな」

黒い女がサンタクロースの首を絞めていたあの日、サンタクロースと俺はちょうどそんな話をしていた。あの時は誰かのために誰かを殺せるかと聞かれたんだったか。やっちゃいけないとは言えない、と俺は答えて、彼女もそれに同意した。

「まあ、それでもあいつは死にたくない人を殺したりはしないだろうよ。もしあの赤いのが日向を殺したんだとしても、きっとそれは日向自身が死を望んでいて、それをサンタクロースが手伝ったとか。そんな感じだと思うぜ、俺は」

「そうか……。どちらにせよ、日向本人に自殺の意思があったと考えられるか」

「たぶんな」

棗は頷いた。それさえ確認できれば問題ないようだ。

「もう一つ気になることがある。日向向日葵は本当に黒い女と同一人物なのかだ。灰原。お前から見た黒い女は、自殺するような人間だったか」

「黒い女について言うなら、イエスだ。あの黒いのには心が壊れちまった人間の危うさがある。こういうこと言うべきじゃないとは思うが、自殺したって言っても違和感はない」

「そうか。なら、黒い女は月島の話に出てきたような不良に見えるか？」

そこも奇妙な点だ。黒い女には、隣人と喧嘩してまでギターをかき鳴らすような苛烈さはない。いつだって部屋の隅に座り込んで、たまに動いたと思えば人を殺したがる危うい女だ。黒い女が纏《まと》う陰鬱《いんうつ》とした雰囲気は、話に聞いた不良らしさは欠片《かけら》もない。しかし。

「不良には見えないが……。包丁で自分の心臓を貫いたってところが気になるな。あの黒いのも、そういった思い切りのいいことをやりそうだ」

「なるほど。なら、大筋は見えてくるな」

間髪入れずに棗は答える。俺がこう答えることを予測していたようだった。

「一度話を整理するぞ。日向向日葵が自殺して黒い女になったと考えるには、二つの齟齬《そご》がある。自殺に至る動機の不在と、話に聞く日向と実際に見た黒い女の違いだ。だがこの二つの齟齬は、一つの原因で説明がつくんじゃないかと思う」

「一つの原因？　どういうことだ？」

「日向向日葵には何かがあったんだ。彼女の心が闇に染まり、自死を望むに至らせた強烈な何かが。そう考えれば筋は通るだろ」

それはまあ、可能性としてはありえるが……。本当にそんなことがあるのだろうか。人間一人を変えてしまうような何かなんて、俺には想像もつかなかった。

「じゃあ、その何かってなんだよ」

なので、率直に疑問を伝えてみた。棗もまた、極めてシンプルな答えをくれた。

「わからん」

＊＊＊＊＊

日向向日葵の身に起きた『強烈な何か』の正体を突き止めれば、黒い女の過去を解明できるかもしれない。あの男は自信満々に断言したが、それはつまり、結局肝心なことはわからないということだった。

中々詰めきれない状況だが、それでも進展の手がかりはあった。自殺した入居者の名前が判明したことは大きい。そこから辿っていけばきっと何かがわかるだろう。まずは手がかりをかき集めるべく、俺たちは一度解散して各々で調べ物をすることにした。

そんなわけで俺は駅前の楽器屋を訪れた。日向向日葵はギター弾きだったらしい。目立つ人間のようだったし、店の人間が何か覚えているのではないかとの目論見《もくろみ》だ。

果たして俺の目論見は的中し、小さな楽器屋の店主は俺のことを存分に訝《いぶか》しがりつつも、彼女のことを教えてくれた。日向向日葵は高校一年の頃からマイナーなガールズバンドに所属していたが、素行の悪さからバンドメンバーとも疎遠になっていったという。それ以上のことを聞こうとすると、店主は日向が所属していたバンドを紹介してくれた。

バンドの代表者とコンタクトを取り、当時の話を聞かせてもらうことができた。大学生から社会人くらいの女性だ。待ち合わせた喫茶店の片隅で、彼女は日向のことを懐かしむように語ってくれた。

「二年前はさ、うちらの中じゃあの子が一番年下だったんだよ。だからかな、ついつい説教みたいなことしちゃってさぁ」

素行不良な日向をみかねて、バンドを率いていた彼女は思わず口を出してしまったのだと。日向はそれに反発し、些細《ささい》な喧嘩はやがて決定的な決裂となってしまった。

「あたしもガキだったよ。一方的に正義を押しつけて、日向の事情なんか考えようともしなかった。あんたさ、もしあの子にあったら、謝ってたって伝えといてくれる？」

彼女は日向が死んだことを知らないらしい。俺は曖昧に頷いた。

喫茶店を離れ、駅前の通りを一人歩きながら考える。話は聞けたが、日向向日葵を見舞った強烈な何かに繋がる情報はない。バンドは無関係だということがわかっただけだった。

だったら次はどこを当たろうかと考えながら道を歩いていたところ、道の向こうから同じように思案に暮れた顔がやってきた。月島千秋だ。声をかけると、月島は顔を上げた。

「ああ……。灰原さんですか。どうしたんですか、こんなところで」

「日向の話を聞けないかと、楽器屋を回ってたんだ。大したことは聞けなかったけどな」

先ほど聞いた話をかいつまんで説明すると、月島は一言「関係なさそうですね」と切り捨てた。俺は苦笑しつつ肯定した。

「そういうお前はどうなんだよ」

「私も大した収穫はありませんよ。先日お話しした内容って、言っちゃなんですけど認知症に片足突っ込んだ祖母から聞いた内容じゃないですか。信憑性《しんぴょうせい》に難があるかと思って、警察に確認していただけですので」

この女、身内にも容赦がなかった。

「確認したって、警察に聞いて答えてもらえることなのか？」

「私、月島家の女ですので。秘密を聞き出す手管は祖母譲りのものがあります」

真顔でそう言うものだから、それが月島なりの冗談であることに気づけなかった。数秒の沈黙の後、彼女は取り繕うような咳払いをした。

「冗談です。叔父が刑事をやっているので、捜査情報を横流ししてもらっただけです。普通に伝手《つて》を頼りました」

「冗談じゃすまなさそうなことやってんなぁ」

「あの人、昔から私には甘いんですよね。こういう時は重宝します」

今度は冗談ではなさそうだった。重ねて言うが、この女、身内にもつくづく容赦がない。月島千秋に隙を見せることはするまいと、俺は固く胸に誓った。

「概ね祖母の言っていた通りの話でしたが、一つだけ新しい話もありましたよ。日向向日葵が自害に使った古い包丁、警察署内で保管されていたはずなんですけど、どうやら事件後まもなくして紛失したようです。灰原さん、これどう思います？」

包丁と言われて真っ先に思い浮かぶのは黒い女だ。あいつが愛用している包丁も、随分と使い込んだ跡がある。

「あの黒いのが持っているのも古びた包丁だ。サンタクロースが持ち出して黒い女に渡したのかもな。あいつなら警備をすり抜けるのも簡単だろう」

思い返すのは、月島と繰り返したわくわく偽造ループの終わり際に、サンタクロースが見せた瞬間移動めいた出現だ。あの時は何が起きたのかわからなかったが、今になって思えば彼女は時間を止めていたのではないか。静止した時間の中で移動すれば、他の人には瞬間移動のように見えるだろう。成人向けのビデオでもよく使われる手口である。

「これは完全に推測だが、黒い女が凶器をほしがったのかもしれん。あいつ、誰かを殺さないと落ち着かないらしい」

「そうなんですか……。困った子ですね」

「お、わかってくれるか」

「言葉を選んだんです。察してください」

言われるまでもなく、月島の顔には「絶対に近寄りたくない」と書いてあった。

「灰原さん。これは日向向日葵が黒い女と同一人物であると示す証拠になりますか？」

「いや……。ならないんじゃないか。奇妙な相似はあるが、本当に同じ包丁とまでは言い切れない。限りなく怪しくは見えるけどな」

「意外と慎重派なんですね。でも、私も同じ考えです」

もう一つ付け加えるとすれば、この情報も日向向日葵に起きたことには繋がらない。肝心なところに中々迫れずに、俺は肩をすくめた。

「あんた、思ったよりも協力的なんだな。ここまで手を貸してくれるとは思ってなかった」

彼女は危なかったり怖かったりするものに極力関わりたくないと言う。そんな彼女が自分から協力を申し出たことは、今思い返しても不思議だった。

「あの部屋の問題解決は私の仕事でもありますからね。できる限りのことはしますよ」

「見て見ぬ振りする気満々だった人間とは思えないお言葉だ」

「言う事聞かないと、とんでもないデスループに巻き込まれてしまうかもしれませんから」

「悪かったって」

月島は冗談めかして言うが、目はまるで笑っていない。冗談で済む程度にしておけよというメッセージを、俺は乾いた笑いで受け取った。

「逆にお聞きしますけど、あなたはどうして黒い女について調べてるのですか？」

「前も似たようなこと聞かなかったっけ？」

「そうかもしれませんね」

月島は悪びれずに答える。彼女の口元は心なしかゆるんでいた。何がそんなに楽しいかは知らないが、俺はいつかと同じ言葉を口にした。

「誰かの助けになりたいって思うことは、何一つおかしなことじゃないからな」

偽造ループが終わった後、俺たちの目的について問い詰める月島に、俺はこの言葉で返した。今更口にするまでもない、至極当たり前で普遍的な常識だ。しかし彼女には効果があったようで、怒り心頭だった月島の沈静化に成功したのだ。

あの日の月島も毒気を抜かれた顔をしていたが、今の彼女は微笑を湛《たた》えている。そして、やり返してやると言わんばかりにこう言うのだ。

「だったら、頑張る誰かを応援したいって思うことも、ごく普通のことですね」

お人好しめ、などと野次るほど野暮ではない。俺は黙って肩をすくめた。

善人なのだろう。危険を避けて通る賢明さを持ちながら、なんだかんだで人が好《よ》い。俺や棗のようなならず者からすれば、彼女の在り方は眩しくも近しくも見えた。

「なあ、月島さん。そろそろ敬語が取れてもいい頃なんじゃないか」

かねてより思っていたことを口にする。月島は友人関係などまっぴらごめんだと言っていたが、俺はそうは思わない。壁があるなら取り払っておきたかった。

「まだ早いですよ」

しかし彼女は、微笑を湛えたままに拒絶した。

口ぶりとは裏腹に、それは柔らかな笑みだった。

＊＊＊＊

「日向向日葵の最後の一日がわかった」

再び三人顔を突き合わせた学校のラウンジで、棗は手帳をぺしんと叩いた。

俺と月島の調べ物はほぼ空振りだったが、棗のほうはそうでもなかったらしい。いつになく真剣な顔で、棗は切り出した。

「俺は日向が通っていた高校を調べていたんだ。日向はロクに学校に通っていないとは聞いたが、何か噂でも残ってないかと思ってな。結果、当時の担任から面白い話が聞けたぞ」

棗が聞いてきた話は、なんとも奇妙なものだった。

その日、不登校だった日向は突然学校に姿を現し、一人の人間を捜し求めた。しかし彼女の捜し人を知る人は学内にいなかった。日向が自殺したのはその翌日だ。ざっくりとまとめてしまえばそういう話だ。

それを聞いてますますわからなくなってしまう。捜し人が見つからないことは、自死に値するような理由なのだろうか。それに、その捜し人というのも気になる。学校にほとんど通っていなかったはずの日向が、なぜ学校内で人を捜す。その人間は一体何者だ。

「この件、明らかにおかしいことがある。日向向日葵が捜したという人間だが、この世界のどこにもいないんだ」

棗は致命的な情報を出す。向かいに座る月島が、すっと息を呑んだ。

当時の日向の担任が、後になって調べたらしい。しかしいくら捜せど日向が捜した人間は見つからず、棗の簡単な調査でもそれは裏付けされた。

誰かを捜し求めていた日向向日葵。しかし彼女の捜し人は学内の誰も知らなかった。それがわかった後、日向向日葵は自殺を敢行した。後になって調べても、そもそもそんな人間は世界のどこにも存在しなかった。

これらの情報を繋ぎ合わせると一つの可能性が見えてくる。そこに確かにいたはずの人間が、突然にいなくなったという可能性。それはこうとも言いかえられる。そこに確かにあったはずの現実が、突然になかったことになったという可能性。奇妙なほどに冴《さ》え渡《わた》る頭で、俺は冷静に自分の考えを突き詰めていた。

俺は、その事象に、心当たりがある。

巻き戻りだ。

俺は何度も、時の巻き戻りを使って、あったはずの現実をなかったことにしてきた。

「灰原。もしそれが起きたのなら、この時間に生きる俺たちに打つ手はない」

棗も俺と同じ結論に至ったようだった。もし本当にそれが起きたのなら、全ては遠い時間の彼方に消え去ってしまったことになる。俺たちが生きるこの時間は、サンタクロースにとっては何もかも終わった後のエピローグだ。今更俺たちにできることは何もない。

「あの、待ってください。それってどういう」

「灰原。お前が決めろ」

棗は言う。月島はまだピンと来ていないようだが、悪いが構っていられなかった。

「何が起きたかを知る人間はもう、あの二人しかいないんだ」

これ以上は本人に直接聞くしかない。だが、それをすればどうなるかは想像がついた。

サンタクロースは明確に拒絶している。触れてくれるなと。そっとしておいてくれと。

それでも俺が知ろうとするならば、きっと彼女は最大級の拒絶をもって応《こた》えるだろう。

それでも俺は、どうにかすると決めたから。

俺は、自分の意志で、それを選んだ。

＊＊＊＊＊

部屋の扉を開けると、煌々《こうこう》と照らされた照明が出迎えてくれた。

ただいまと言えば、六畳間からおかえりと帰ってくる。一人暮らしをするはずだったのに、今では帰りを待つ誰かがいる生活にすっかり慣れてしまっていた。

「今日は遅かったねー。何してたの？」

LEDの光を存分に浴びながら、漫画本を手にしたサンタクロースがごろごろと転がる。この女、家にいる時は大体いつもこんな調子だ。

「ちょっとな。すまん、腹減ったか？」

「今日はナポリタンの気分かも」

我が家に住み着いている赤いのと黒いのは、生命活動に飲食を必要としない。しかし一人で食べるのが寂しかったので何度か勧めたところ、赤いほうは飯に付き合ってくれるようになったのだ。フィンランドの伝承より名をとったこの女は、キャラに似合わずパスタを好み、おかげで我が家の主食はもっぱら麵類《めんるい》となっていた。

「レトルトになるけど、それでもいいか？」

「なんでもいいよ。贅沢《ぜいたく》言わない」

「たまには炙《あぶ》りカルビとねぎ玉ご飯が食べたいって言ってもいいんだぜ」

「そんなお金なんてないくせに」

ごもっともである。まあ、パスタは別に嫌いじゃない。安くて楽なところが特に。

茹《ゆ》でたパスタに買い置きのレトルトソースを投入する。これ以上ないほどの手抜き料理だが、一人暮らし初心者が凝《こ》った料理に手を出そうなどと考えてはならない。不慣れな内は物事はミニマムに始めるべきなのだ。使いきれずに腐らせてしまった生クリームの失敗から、俺はそれを学んでいた。

「黒いのー。お前の分も置いとくからな」

「ふらみょんの分は作らなくていいってば」

「こういうのは気持ちの問題なんだよ」

お皿を並べて手を合わせ、声を揃えていただきます。黒い女は相変わらず部屋の隅で座り込んでいたが、そういうものだ。

なお、我が家にテレビなどという文明的なものはない。そもそも食とは己の内への問いかけだ。外なるものを喰《く》らい、体に取り込み血肉へ変える。かように神聖な儀式の最中、他事に囚われるようなことなどあってはならぬのだ。それはそれとして、ふと気になったことがあったので俺は神聖な儀式を投げ捨てた。

「そういえばさ、サンタクロースって年いくつなんだ」

「女性の年齢を藪《やぶ》から棒に聞きますね」

「いやなんか、気になって」

理由なんてものはない。大学生に論理的な思考を求めないでほしい。ただ、時間を自在に操る彼女の生態について知りたくなっただけだ。

「言ってもいいけど……。ねえ、驚かない？」

「驚かない驚かない」

「じゃあ言う。十四万と十九歳」

「へー。悠久の生き物じゃん。醬油《しょうゆ》取って」

悠久の生き物は醬油を取った。俺はナポリタンに醬油をかけた。

「言っといてなんだけど、ちょっとは驚いてほしかった」

「そんなわがまま言われてもな」

「さては信じていないな貴様」

「まさか。それとも、嘘なのか？」

「……本当は、十四万と十七歳です」

なんでこの人、上方向にサバを読んだのだ。背伸びしたくなるお年頃なのだろうか。氷河期生まれの考えることはよくわからなかった。

「ちなみに俺は平成生まれだ」

「知ってる。見ればわかる」

「これからの未来は俺に任せろ」

「別に私のものじゃないけど、まあ、頑張って」

気持ちの入っていないエールを貰《もら》ってしまった。しかしやる気は出た。明日を生き抜く活力は、誰かから与えられるなおざりな承認なのだ。世の中をちょっとだけよくするものは、こういった何気ない一言なのかもしれない。

「で、さっきの焼肉の話なんだけどさ」

「これまた唐突に話題が変わりましたね」

「思いついたんだけど、焼肉食べた後に死に戻れば無限に焼肉が食えるんじゃないか？どうよこれ、大発見じゃね？」

「できなくはないけど、君はそのために命をかけるのか」

脊髄だけで回していた思考を大脳にまで引き上げる。うーむ、そう言われるとそうかもしれない。少し考えた後、俺は深刻な面持ちで頷いた。

「覚悟はできている」

「しなくていい」

「炙りカルビのために死ぬなら本望だ」

「死なれるほうが望まないからやめてあげて」

そうだろうか。もしも俺がカルビだったら、自分を喰った人間に一矢報《いっしむく》いたいと思うだろう。俺たちは日々そんな怨念《おんねん》を受けながら生きている。しかし野菜は心優しいので食べられても人間を恨んだりしない。だから人間はもっと野菜を食べるべきだ。いや、俺がキャベツだったとしても、やはり人間は恨むだろう。やっぱ人間って許せねえわ。

「君さ、時を戻す力を使ってやることが焼肉食べ放題なの……？　なんていうか、気が抜けるくらい馬鹿だよね」

「そんなに褒めるなよ。照れるじゃないか」

「奇遇にも褒め言葉であってるんだこれが」

言われて気づいたが、俺は死に戻りという特別をいまいち有効利用できていないのかもしれない。やったことはと言えば、黒い女の心を折ったり、サンタクロースの心を折ったり、月島の心を折ったくらいだ。女の子の心をへし折ることに関しては一定の成果を上げていたが、ここらでそろそろマシな使い方を心得てもいいのかもしれない。

「そうだな……。確かに、やろうと思えば競馬で勝ちまくったりとかもできるんだよな」

本気でやろうと思ったわけではない。ただ、思いついたので言ってみた。俺としてはそれくらいのつもりだったが、彼女は居住まいを正して俺に向きあった。

「あのですね、灰原さん」

妙な気迫があった。

「時を巻き戻しているのは私です。いつもあなたが確実に死んだことを確かめてから時を戻しています。私はあなたに死んでほしくないし、ふらみょんに誰かを殺してほしくないから時を戻しています。あくまでも、善意で、これをやっています」

朗読するように、サンタクロースは滔々《とうとう》と語った。用意してある言葉のようだった。

「あなたが炙りカルビのために命をかけるような馬鹿者であることは重々承知していま す。しかしながら、あなたが時たま妙ちくりんな良識を発揮することも存じています。だからこそ期待せずにはいられないのです。灰原さん。私の言いたいこと、わかりますか」

噛んで含めるように言われてしまった。ノーとは言えない圧がある。こんな搦め手《からめて》を用意してくるあたり、彼女の本気具合が窺い知れた。

「嫌だなあ。サンタクロースさんの善意を利用するなんて、できるわけないですよ」

「灰原さんならそう言ってくれると思っていました」

「ところでなにゆえ敬語なのでしょうか」

「それはですね……。えっと、ちゃんと聞いてほしかったから?」

「俺が今まで君の話を真面目に聞かなかったことがあっただろうか」

「ある。いっぱいある。何度も何度もありました」

そんなにいじめただろうか。一昨日、ギロチンで切断された首は十数秒意識があるという話の真偽を確かめようとしたのが悪かったのかもしれない。彼女は嫌だ嫌だと抵抗したが、医学の進歩のためと言いくるめて敢行したのだった。ちなみに実験結果は忘れた。

パスタもひとしきり巻き終えたのでお皿洗いの時間である。我が家の家事は原則として分担制になっている。今日の皿洗いはサンタクロースの当番だ。彼女が流しに消えていったのを見送って、俺は六畳間に寝転がった。

「そういえばさー。今日ちょっと面白い話を聞いたんだよ。学校の噂ってやつ」

「へー。なにそれ。怖い話?」

「うんにゃ」

腹ごしらえが終わったので。

本題に入るには、こんな頃合いがちょうどいい。

「日向向日葵の話」

流しからは水の音がした。

「日向のこと、色々と調べてたんだ。当時はとんでもない不良だって噂されてたらしいな。実際のところはそうでもなくて、目付きの悪さと一匹狼《いっぴきおおかみ》的な気質が誇張された根も葉もない噂だったのかもしれないとも聞いた。今となっちゃ確かめようもない話だ」

棗から聞いた話をそのまま言う。返事はない。流しからは水の音がした。

俺は続けた。

「そんな風に噂されていたからか、日向は一学期の途中から学校に来なくなっていた。結局そのまま最期まで真面目に学校に来たことは一度もなかったんだと。でも、そんな日向が、久しぶりに学校に来たことがあった」

返事はない。流しからは水の音がした。

俺は続けた。

「その日、日向は学校に来るなり、手当たり次第につかみかかるような質問をした。彼女は人を捜しているようだった。だけど彼女が言う人名には、誰一人として心当たりがなかった。望む答えが得られないことを悟った日向は、翌日に自宅——この部屋だな——で、包丁で心臓を刺し貫いて自殺した」

流しからは水の音がした。

俺は続けた。

「後になって気になった元担任が調べたそうだが、いくら調べてもそんな名前の人間はどこにもいなかった。学校の内にも外にも。この街にも。捜した限り、世界のどこにも」

流しからは水の音がした。

「なあ」

流しからは水の音がした。

「ユウヤケユウキって、誰なんだ」

流しからは。

「日向ちゃん」

サンタクロースの声がした。

彼女は名を呼ぶことによって肯定した。黒い女と日向向日葵が同一人物であることを。

それを認めた彼女は、聞いたこともないほどに冷たい声で、淡々と呼びかけた。

「殺していいよ」

枕元《まくらもと》に、黒い女が立っていた。

黒い女は俺を殺した。

＊＊＊＊

春はあけぼの世は情け、いい国作ろう最上川《もがみがわ》――とは、南北朝時代の高名な歌人坂上田村麿《さかのうえのたむらまろ》の一句である。

かの歌人が詠んだように、春とはいかにも陽気なものだ。長い冬が終わりを告げれば、桜は舞い散り野草は茂り、春一番が吹き抜ける。タンポポ大好きな俺たちがついつい浮かれ騒ぐのも無理はない。

三月末日のぽかぽか陽気の中、俺こと灰原雅人は、新居目指して雨城の街を歩いていた。

新生活。そう、新生活なのだ。

駅から歩いて十数分。駅前の喧騒が立ち消えた閑静に、俺の城は構えられていた。

「ここか」

二階建てアパートの二階。バストイレ付きのワンルーム。近くにはコンビニと大型スーパーがあり、少し歩けば商店街もある。これでお家賃四万五千円だ。これでも可能な限り安い物件を探したのだが、あいにくいい物件はどこも埋まってしまっていた。俺の財政事情だとこの家賃でもかなり厳しいが、まあ、なんとかなるだろう。

先立つものに不安はあれど、俺の気分は有頂天となっていた。見慣れぬ街並みも、桜を散らして吹く風も、シリンダー錠に鍵を差し込む音すらも心地よい。一度下見に来たとは言えど、この瞬間のトキメキたるやインフィニティ。期待に大いに胸を膨らませ、俺は新たなる我が家の扉を開け放った。

そこに、誰もいなかった。

誰かがいるはずなどない。ここは俺の部屋なのだ。なのに、ここに誰かがいてほしいと期待している自分がいた。妙な感覚だ。俺は思わず首をひねった。

宅配で届いた荷物を受け取って、部屋の隅に積み上げる間も奇妙な感覚はつきまとっていた。何かがおかしい。俺は何かを忘れている。今すぐ何かをしなくてはいけない。そんな風に頭のどこかが騒ぎ立てるが、しかし、いくら考えようと正体はつかめなかった。

その時、部屋のインターホンが鳴った。俺は、弾かれたように、勢いよく扉を開けた。

「あの……」

扉の前には女が立っていた。若い女だった。年の頃は俺と同じくらいだろうか。ふんわりとしたミディアムボブと、どこか困惑した顔をしていた。違う。彼女ではない。何がとはわからないが直感的にそう思った。

俺たちは目を合わせたまま、じっと互いの顔を見ていた。どう考えても初対面のはずだ。しかし、なぜか俺は彼女の名前を知っていた。

「月島さん、ですか」

「そうです、大家の月島です。……灰原さん、ですよね」

「はい。初めまして、でしたっけ」

「そうだと思います」

奇妙な挨拶だったが、それでわかった。きっと彼女も、俺と同じ違和感を抱えている。

なんとも言えず、俺たちは立ち尽くしていた。この違和感の正体を突き止めようと、俺は必死になって頭の中を探しまわる。何かがおかしいのだ。しかし、その何かがわからない。

月島と出会ったことで欠けていたピースが一つ埋まった。俺と彼女の間には何かしらの接点があったはずだ。しかし、それは何だ。わからない。俺は何かを忘れている。知っているはずだという感覚があるのに、頭の中の大部分にモヤがかかって見えなくなっていた。

「もう一人、いたような」

月島が呟く。その言葉で頭の中のモヤが少しだけ晴れた。俺たちの関係性は二人で完結するものではなかったと思う。忘れようにも忘れられない、盟友とも仇敵とも呼べる男が、確かにここにいたはずだ。

「すみません。俺、ちょっと」

「行くのですか？」

「捜しにいってきます。すぐ戻るので」

自分で言いつつも、誰を捜しにいくのかもわからない。それでもじっとしていられなくて、そんな曖昧な言葉だけを残して飛び出した。

焦燥感に駆られるまま、無我夢中で走った。舞い散る桜を蹴散《けち》らして、春一番を追い越して。タンポポが咲き誇る街並みを必死になって駆け抜ける。行き先は足が教えてくれた。

たどり着いたその場所は、雨城大学の渡り廊下だった。まだ春休みも抜けていない、人もまばらな大学校舎の辺境だ。その渡り廊下の向かいには、俺とまるで同じように、一人の男が息を切らせていた。

そいつの目を見た時、彼のギラつく瞳に野犬がいると思った。続けて腐臭を放つ死人だと思いなおし、よくよく見れば天空を駆ける天馬のようにも思えた。総じてゾンビ・ペガサス・ワイルドドッグの評価を獲得したその男は、焼き焦がれるような目を俺に向ける。

この場所は、俺たちが、何かを決意した場所だ。

「なあ、あんた……！」

先に口を開いたのは俺だった。言うべき言葉は、失った記憶が教えてくれた。

「アノマロカリスについて……！　どう思うっ！」

俺たちの出会いは。この言葉から、始まったはずだ。

男は息を整える。俺の妙な質問にもまるで動じない。そして、思い出せないいつかのように、俺が待ち望んだ答えを返すのだ。

「カリッと揚げたら……！　美味そうだよな……っ！」

そうだ。それでいい。目を見て再度確信する。やはり、こいつしかいないのだ。この狭く珍奇な世の中で、志向を共にする同志とは、こいつを差し置いて他にない。

これこそが我が最悪の戦友にして、最低の盟友。不倶戴天の仇敵となる男。

そして、唯一無二の親友である、棗裕太との出会いなのだ。

＊＊＊＊＊

俺は棗と共にアパートに戻り、月島に引き合わせた。この二人も初対面のはずだが、やはりどこか顔見知りのようなぎこちない挨拶を交わす。棗も俺や月島と同様に、何かを忘れてしまったという奇妙な違和感を抱えていた。

俺たちはまだ荷解《にほど》きもしていない俺の部屋で車座になり、途切れ途切れになった記憶をすり合わせた。この三人だ。この三人で、俺たちは何かを調べていた。

「くそッ……。ダメだ、これ以上は何も思い出せん」

三人の中で比較的記憶を持っていた棗が匙《さじ》を投げる。俺も必死になって記憶をたぐるが、もう何も出てきそうになかった。

「これって、私たちが何かを忘れているってことですよね」

そろそろと確かめるように月島が呟く。非現実的な実感を彼女はまだ受け止めきれないようだ。そんな今更確かめるまでもない確認を、俺は乱暴に肯定した。

「そうだ。とても大事なことだったんだ。俺たちは、それを忘れさせられた」

「忘れさせられた……ですか……」

躍起になって思い出そうとしていたせいか、敬語が抜け落ちた。いや、違う。こんな距離感が妙にしっくりくる。俺は確か、月島に敬語を使わなくなっていたはずだ。しかし、俺たちは、初対面のはずじゃないか。

「私たちが失った記憶って、いつのものなんでしょうか」

月島の言葉に、俺は真実の一端を見た気がした。

「灰原さんは今日この街にやってきたんですよね。私は以前からこの近くに住んでいました。棗さんは？」

「俺は一昨日だ。一昨日、この街に越してきた」

「だとしたら、私たちが何かを調べていたのって、いつのことですか？」

強烈な違和感に頭が痛む。頭にかかったモヤの一部がかき消えて、隠されていた記憶が姿を現す。しかしそれは、自分で疑ってしまうほど非現実的なことだった。

「四月の中頃から、五月にかけてだ。その間、俺たちは大学生活の傍《かたわ》らで調査をしていた」

「そうですね……。私も不思議とそう思います。でも、それって未来の話じゃないですか」

そう、それは未来の話なのだ。何度時計を見ても今日は三月の下旬であり、俺たちはまだ大学の入学式も迎えていない。俺たちが活動していた期間は今よりも先の時間にある。この矛盾は、見過ごすにはあまりにも大きかった。

「つまり俺たちは、未来に起きたことを忘れたってことか……?」

自分で言っておいて無茶苦茶だと思った。未来の記憶を忘れるなんて、論理として破綻《はたん》している。だが、棗はその破綻した論理に仮説を立てた。

「未来じゃないんだ。俺たちは一度、それを実際に体験した。だが、時間が巻き戻って、記憶を失った。そう考えると筋は通る」

「そんな、あまりにも非現実的ですよ」

「非現実的なことが起きてるんだよ」

時間の巻き戻りなんて、あまりにも突拍子がない。しかし、不思議と腑《ふ》に落ちた。時間の巻き戻りという言葉が頭に染《し》み透《とお》ると、頭の中のモヤがまた少し取り払われた。

「この部屋さ、誰かいた気がするんだ」

呟く。この部屋には誰かがいた気がする。一人ではなく、複数の誰かが。そんなことを思い出していた。

「この部屋には誰かがいて、俺たちはそれに関わる何かを調べていた。なあ、そうじゃなかったか」

「それはわかりませんが……。でも、この部屋には私たちしかいませんよ」

月島の言う通りだ。だが、俺はこの部屋に誰かがいたような気がしてならないのだ。今日初めてこの部屋の扉を開けた時も、俺は誰かがいてほしいと思っていた。

「月島さん。何かこの部屋について知らないか。何だっていい。この部屋に入ったら何かを忘れるとか、もしくは忘れた感覚がするだとか、そんな話はなかったか？」

「待て、灰原。俺はこの部屋を訪れる前から何かを忘れていた。たぶんそうじゃない」

ああ、そうだった。ならば部屋そのものに異常の根源を求めるのは早計だ。しかし、だとしたら、この部屋には一体何がある。いくら見回してもこの部屋には何もない。そう、ここには、何もないのだ。確かに何かがあったはずなのに。

「やはり、ここは普通の部屋ですよ。祖母からアパートを引き継いだ時も特別なことは聞いておりません。以前この部屋を掃除した時も何もありませんでした。けれど……。そういえば、前の入居者様の私物が残っていました。少し、気味が悪いものですが」

ざわりと、肌が粟立《あわだ》った。

前の入居者。この部屋に以前住んでいた人間。女。黒。死。そんなイメージが連鎖的に思い浮かぶ。

「その残っていた私物ってまだあるか」

「はい。確かまだ、処分はしていなかったはずです」

「見せてほしい。頼む」

月島は一度自室に戻り、それを取ってきた。それは白い布で包まれていた。手に触れる前から、妙な胸騒ぎが止まらなかった。

布を解く。中から出てきたのは、赤黒い錆びが浮いた古い包丁だった。

極めつきに異常な感覚がした。

言いようもない感覚だ。恐怖と憧憬と渇望と享楽が入りまじっていた。子どもの頃に、使われていない納屋の奥で不気味な顔の案山子《かかし》を見つけてしまった時のような、恐ろしくもどこかに好奇心が勝る衝動があった。

瞬くように記憶が蘇る。俺は、この包丁で刺されたことがある。何度もだ。何度も何度も刺されて、その数だけ俺は死んだ。普通に考えれば悪夢のような体験だ。しかし俺は、なぜだかそれを、楽しい記憶と覚えていた。

「なあ……。これで俺を刺せって言ったら、どう思う?」

俺は今、おかしなことを言っている。まるでコンビニでパンを買うような気軽さで、とりあえず死んでみようと思った。死んだら何かがわかるかもしれないし、何もわからずとも別に損はしない。まったく筋は通らないのだが、そんな風に考えていた。

「灰原さん。今、そういった冗談はやめてもらいたいのですが」

「いや……。待て、月島。そうじゃない」

棗は人差し指で小刻みに床を叩く。表情は真剣そのものだ。彼は確かめるように言う。

「どこを刺すんだ」

「心臓。もしくは、致命傷になるならどこでもいい」

「そうだよな。俺も、それが正解だと思う」

理論ではない。感覚だ。説明はできない。直感だ。しかしきっと、これが正しい。何度も積み重ねてきた記憶にない経験が、それを裏付けていた。

「あの……。お二人とも、正気ですか？」

正気ではない。冷静に考えるまでもなくおかしいことなど、百も承知だ。それでもこれは、やるべきことなのだ。

「どうする、灰原。今やるか」

「ああ、急いだほうがいい。後に回したってしょうがない」

「相変わらずだな。ちょっとはためらえよ」

俺たちはへらへらと笑った。何が相変わらずだ、俺たちは初対面のはずじゃないか。そんな事実は簡単に無視されてしまうほどに、俺たちはいつも通りだったような気がした。ならば後はやるだけだ。そう思った時、月島の不安そうな顔がふと目に入った。それでまた一つ思い出したことがあり、俺はそこで踏みとどまった。

「あー……。棗、やっぱり今すぐはやめよう。気になることがある」

「何か思い出したのか？」

「ちょっとな」

言えよと目線で問われたが、俺は答えなかった。口に出すようなことではない。

「色々混乱してきたし、今日はここまでにしようぜ。時間を置いたらまた思い出すこともあるかもしれない。一回頭の整理をして、また後日集まらないか」

棗はわずかに目を見開いた。目線を落として、小さく呟く。

「ああ……。そういえばそうだったな。思い出したわ」

合点《がてん》がいったらしい。納得すると、彼はすぐに立ち上がった。

「お前、馬鹿だな」

「悪かったな」

「褒め言葉だよ」

つまらなさそうに言い捨てて、棗は部屋を出ていった。

一人取り残されたのは月島だ。彼女は状況がつかめずに、どうしたものかと困っていた。

「ええ……？　あの、さっきから色々急すぎてついていけないんですけど」

「とりあえず今日のとこは解散だ。また今度話そうぜ」

「まあ、そういうのでしたら」

唐突に漂うお開きムードに流されて、月島も帰っていった。これでいい。一人部屋に残された俺は、同じく置いていかれた包丁を手にとった。

「月島の前では死なないって、約束したからな」

消えてしまった記憶の彼方で、そんな約束をした気がした。理由なんてそれだけだ。

包丁をいじりながら自問する。本当に死ぬのか、今ここで。これが正解だとは思うが、合っている保証はない。もし違っていたら取り返しがつかないことになる。俺に似合わぬ冷静さがそう言うが、感情はやはり真逆のことを言っていた。

やろう。考えたって仕方ない。立ち止まるなんて俺らしくない。俺には、どうしてもやらなければならないことがあったはずなのだ。

「なんつーかさ」

逆手《さかて》に包丁を握る。この部屋で死んだ誰かも、こんな気持ちだったのだろうか。自分でも誰のことなのかわからないが、そんなことを考えていた。

「思い出せないどっかの誰かに、ふざけんじゃねえって、今すぐ言いたくて仕方ねえんだ」

俺は包丁で心臓を貫いた。

会心の手応《てごた》えだった。

＊＊＊＊

春はあけぼの世は情け、三千世界の烏《からす》は死んだ。春とはいかにも陽気なものだ。長い冬が終わりを告げて、タンポポ大好きな俺たちは浮かれ騒ぐ。新居目指して街を歩いていた。新生活。駅から歩いて十数分の閑静。バストイレ付きのワンルーム。見慣れぬ街並み。桜を散らして吹く風。シリンダー錠に鍵を差し込む。

俺は、扉を開け放った。


そこに、女がいた。


いつもの表情だった。困ったように眉を落とし、所在なさげに立ちすくむ。風が吹けば倒れてしまいそうな儚《はかな》さは、しかし水に浮いた油のようにくっきりとした境界線を描いて周囲を拒絶した。痛みに怯《おび》えて、迷い苦しんで、多くのことを諦めながら。それでも彼女は、誰かを巻き込むことをよしとしない。妥協と矜持《きょうじ》が入りまじり、痛みを懸命に押し隠す、今にも泣き出しそうな真剣な顔だった。

俺は、この顔を覚えている。

「これが、四十二回目だ」

サンタクロースは言う。語調だけは淡々とした静かさで。

「君は四十一回全てを忘れて、四十一回死ぬことを選んだ。何度も何度も試したさ。それでも君は、過程は違えど最後には必ず死を選ぶ。そんなことをしたって、私がまた時を巻き戻す確証なんてないのにね」

彼女は逃げも隠れもしなかった。俺たちが出会ったこの場所で、俺に相対し続けた。

サンタクロースは言う。

「最初の一回目、君が気がついたのは四年時の冬だった。このアパートを引き払う段になって、あの包丁を見つけて自死を選んだ。二回目は三年の夏だった。ループを繰り返すごとに選ぶまでの時間は短くなり、四十一回目ではついに引っ越した当日に死を選んだ」

彼女は震えていた。彼女は恐れていた。それでも彼女は、立ち向かうように立ち続けた。

サンタクロースは言う。

「全部忘れてもらえればよかったけど、巻き戻りの仕組み上それはできない。どんなに記憶を薄れさせようと、君たちは積み重ねた死の数だけ記憶を蓄積した。少しくらい覚えてるのは何もおかしなことじゃない。だけど普通はどこかで諦めるんだよ。いくら朧気な記憶があったって、死ぬのはいつだってその時の自分だ。なのに君は、一度も諦めなかった」

この時になってようやく、彼女が何を恐れているかがわかった。不幸な答えだった。それでも俺は、彼女の前に立ち続けた。

「教えてよ」

サンタクロースは言う。

「君は一体、何者なんだ」

俺は答えた。

「ただの馬鹿だよ」

＊＊＊＊＊

以前の俺がどうだったかは知らないが、今回の俺は多くのことを覚えていた。

サンタクロース。棗裕太。月島千秋。黒い女こと日向向日葵。それから、正体不明の人物ユウヤケユウキ。知らないはずの名前たちが、自然に俺の記憶に同居していた。

こうして俺が覚えているということは、サンタクロースはもう忘れさせることをやめたのだろう。

きっとそれは、彼女が対話を望んだから。

「ずっと聞こうと思ってたんだが」

消え去った時間軸で抱え続けていた疑問を、今こそぶつける時だった。

「なんで日向向日葵でふらみょんなんだ」

「向日葵《サンフラワー》のふらみょんだけど」

「その珍妙なあだ名はマジでやってんのか」

サンタクロースは懐かしむように遠い目をした。

「それ、あの子にも言われた」

「あの子って誰だ」

「夕焼優希」

彼女の目には手探りの覚悟があった。その名に触れることは、サンタクロース自身大きな苦痛を伴うのだろう。何気なく微笑む顔に、押し隠した痛みがにじみ出ていた。

「灰原はさ。幸せが何かってわかる？」

軽々しさを懸命に装いながら、彼女は言う。

「命に意味がなくなってから、誰かを幸せにしようと決めた。世界に関わることをやめてから、誰かの不幸を消していこうと決めた。手が届く限りの小さな小さな世界改変。それが私にできる全てであり、私に許された全てであり、私が望む全てだった。だから私はサンタクロースを名乗ったんだ」

言葉の一つ一つが悲鳴だった。痛切な嘆きを、慟哭《どうこく》を、淡々と言葉に変えていく。見ているだけでも痛々しい。

「夕焼優希と出会った時も、それができるって思ってた。どんなに不幸な人だって、手を伸ばせば幸せをつかめるんだって。だけどあの子は違った。手を伸ばすよりも先に、あの子は未来を失った。未来がなければ希望はない。希望がなければ指一本だって動かせない。それでも私は、あの子も幸せになれるって信じたかった。だから私は、失敗したんだ」

言葉の節々に色濃い後悔が漏れ出す。サンタクロースの顔は重く沈んでいた。

「私はあの子に幸せを手にするチャンスを与えた。だけど、それをつかみ取るにはとてつもない代償を求められる。幸せを求めた分だけあの子は苦しんだ。私はそれを間近で見ていた。怖かったし、辛かったし、手を貸したいって何度も思った。それでも、あの子の人生はあの子のものだから。馬鹿げた力を持つ化け物が好き勝手にしていいものじゃないから。だから私は、私が願った幸せがあの子を地獄に突き落とす様を、ただ黙って見続けたんだ」

色のない瞳には、蝕《むしば》むような灰色だけが落とし込まれていた。

「私にはもう、幸せが何なのかわからない」

幸せを求め続けた彼女がたどり着いた、灰色の結論だった。俺には彼女の心がわからない。ただ話を聞いただけで知った気になれるほど、驕《おご》っていいものではない。それでも、これがサンタクロースを苦しめた答えだというのなら、俺がやることは一つだけだった。

「そんなもん、俺だって知らねえよ」

がむしゃらになって生きてきた。その一瞬一瞬が幸せかどうかなんて考えたこともない。これから半生を振り返ることがあったとしても、それは今じゃない。

「幸せだとか、不幸だとか、考えたこともねえわ。今を生きるだけで精一杯だ。そういうのは老後にやることにしてる」

「それは、考えなくても生きられたってことだよ。幸せがないと生きられない人もいる」

「そうかもな。だからお前は、そんな誰かを幸せにしたかったのか」

サンタクロースの目が揺れる。こんな簡単な問いにすら、彼女は間をおいて答えた。

「私は失敗した。あの子を幸せにしようとして、どうしようもないほど失敗したんだ」

「失敗したからなんだよ。とっとと立ち上がればいいだろ」

「そんな簡単な問題じゃない。一人の人間の人生が壊れたんだ。また次頑張ろうで済ませられるわけがない」

「黙れよ。お前はただ痛みに怯えちまっただけだろうが」

自然と語調が荒くなる。この女の言い分は、俺をイラつかせるには十分すぎた。

「少年漫画が読み足りねえんだよお前は。失敗しました諦めますなんて簡単に折れてんじゃねえぞ。負けたら立ち上がって、折れたら這い上がって、壁にぶつかったら蹴り破ってでも挑み続けるのが命ってもんだろ」

「そんなこと……！　できるわけがないじゃないか！　ゲームのコンティニューとはわけが違う！　失敗するたびに失うのは、自分じゃない誰かの人生なんだ！　君はそれを背負えるのか⁉」

「ああそうだよ。全部背負え。本気で誰かを助けたいって思うなら、命を燃やして立ち続けろ」

渾身の覚悟を持って立っていた。俺は時を操ることもできなければ、何かができるわけでもない。特別ってやつにとことん見放されたただの一般人だ。

だからこれは、ただの大学生である俺にできる、たった一つのことだった。

「俺は、お前を助けるためにここに来た」

それが、やりなおしが利かないたった一つの命だったとしても。俺は同じことをしてやろう。この体に刻み込んだ四十一回の死が、俺の背中を強く押した。

「サンタクロース、お前はまだ誰かを幸せにしたいんだろ」

「したいよ。多くの幸せが多くの人々にあってほしい。いつだってそう願ってる」

「だったら何をぐだぐだしてんだ。お前の願いは間違ってない。やりたいことがあるのなら、立ち止まってる時間なんてないだろうが」

「だけど……。私がそれを願ったから、あの子は地獄を見たんじゃないか」

何を言っているんだ、こいつは。

幸せになってほしいと願ったから。だから失敗したのだと。そんなことを本気で言っているのか。

馬鹿でもわかる簡単な理屈だ。どうしてサンタクロースを名乗るお前が、こんな単純なことを見失う。

「誰かの幸せを願うことが！」

それは、正しいことなんだ。祈るような気持ちで叩きつけた。

「間違っているわけがねえだろうが！」

幸せになっていい。幸せを願っていい。幸せを求めていい。そんなの、当たり前のことじゃないか。全人類幸せになれ。どこでどんな風に生きる誰もが、どこでどんな風に生きられなかった誰もが、無条件で幸せになれ。誰も彼もが幸せになれ。それでいいんだ。

そう願う気持ちが間違っているはずがない。そのために積み重ねた努力が、否定されていいわけがない。

「無能は悪だ。未熟は悪だ。愚鈍は悪だ。棗のやつがそう言っていた。お前、この言葉の意味がわかるか」

サンタクロースは惑う。そんな様子すらも腹立たしくて、俺は叫び続けた。

「何かをやろうとする気持ちは悪じゃないってことだ。俺たちは悪にまみれた無能で未熟で愚鈍な若者だった。何かをやろうとするたった一つの正義すらも持ち合わせていなかった。だから俺は、何かを求めて失敗と挫折を繰り返した人間を心から尊敬する。泣き叫ぶほどの強い後悔を美しく思う。俺に、そんな特別は訪れなかったからな。でもお前は違う。サンタクロース、お前にはやりたいことがあるんだろ。幸せになれと願った誰かがいるんだろ。だからだよ。だから俺は、俺たちは、お前の力になりに来た」

「そんなこと……。なんで……？」

「誰かの助けになりたいって思うことは、何一つおかしなことじゃないからだ。誰かに成功してほしいって思うことは、とても当然のことだからだ。頑張る誰かを応援したいって思うことは、ごく普通のことだからだ！」

難しく考える必要なんてない。それでいい。それだけでいい。たったそれだけの、とても簡単な話なんだ。

「でも……。やっぱり無理だよ。どうしろって言うのさ。夕焼優希を助ける方法なんて、どこにもなかったんだ」

「言い切るにはまだ早いだろ。教えろよ、何があったかを」

「ただの馬鹿のくせに。君が手伝って何になるんだ」

「考える頭が三つ増える。その数だけ痛みも分かちあえる。もう日向と二人で抱え込まなくていい」

「一つじゃないんだね」

「お人好しの馬鹿野郎があと二人いるからな」

話すうちにサンタクロースは涙声になっていた。うつむいてぐずぐずと泣く彼女を、俺は静かに見守った。

「あの部屋に包丁を置いていったの、ふらみょんなんだ」

ぐずついた声で、彼女は泣く。

「私とふらみょんで賭《か》けをしてたの。あんな手がかりとも呼べないようなもので、君が私たちのことを思い出せるかどうか。私は思い出さないことに賭けて、ふらみょんは思い出すことに賭けた」

振り切るように彼女は泣く。悩んで叫んだ一つの命が、今目の前で変わろうとしている。涙はまるで、血のように綺麗だった。

「ふらみょんはずっと君に期待してたんだ。あんな悪霊めいた存在に成り果てようと、日向向日葵は今でも夕焼優希を諦めていない。だからあの子は、君に賭けた。私はそれにずっと賛同できなかったけれど、いいよ、わかった。私も君に賭けることにする」

彼女は泣くのをやめる。涙を拭った彼女の顔は、とても綺麗だった。この時になって、俺は初めて彼女という人間に出会えた気がした。

「夕焼優希のことを教えてあげる。これはあの子が直面した地獄の話だ。それは決して幸せな物語ではなかった。求めるほどに傷だけが積み重なり、やがて彼女は抗《あらが》うことを諦めた。だとしても、やっぱり、私はあの子に幸せになってほしい。それだけが私の願いだ」

彼女は噛み締めるように目を閉じる。やがて開かれた目には、強い決意の光を秘めた、澄み切った強い覚悟が宿っていた。

「ルールは一つ」

彼女は言う。

「幸福には、総量がある」

俺は言い返す。

「いいや、もう一つだ」

少年の頃から何一つ変わらないまま、ありったけの勇気だけを握りしめた。

「俺たちに、不可能はない」

6章　そして季節は冬になり

私、夕焼優希は大変に平和な日々を送っていた。

ぬるま湯と呼んで差し支えないほどに、穏やかで平穏な毎日を存分に享受していた。

最初の変化は生活からだった。駅前でギターをかき鳴らしたあの日から少ししたある日、学校で元気に精神を削っていた私に日向向日葵は噛み付いた。

「お前、いつになったらうちに来る気だよ」

「何のことだ」

「とぼけるな。ツラ貸すって話だっただろ」

なんで私は唐突に因縁つけられているのだろうと思ったが、聞いてみるとこの前の休日に話した件だった。直後に現象が起きたせいですっかり忘れていたが、そういえば私が日向の家に住むみたいな話をしたような気がする。

「あの話、冗談じゃなかったの？」

「あたしは生まれてこの方冗談なんて一度たりとも言ったことはねえ」

「ユーモアがない人間とは話が合わないかも」

「待ってろ生まれなおしてくる」

「そう。終わったら呼んでね」

最近の日向はこんな感じだ。いちいちツッコむと嬉しそうな顔をしてムカつくので、スルーすることにしている。

そういった経緯があって、私は日向の家に転がり込んだ。少々認知症が心配な大家が管理する、そこそこいい立地の木造アパートだ。アパート自体はとても素敵なものだったが、日向が住む二〇四号室はお世辞にも素敵とは言いがたい。むしろ劣悪と評するべきだ。この女の生活能力がひと目でわかる程度には、荒れ果てた部屋だった。

当初私は、本気でこいつの部屋に住む気などなかった。いくら日向がいいと言っても、友人に甘えるにも限度がある。まあ一日くらいはお世話になるかくらいの心持ちだったが、そのつもりで行った一日がまるっと掃除に潰されたことで、私は十分に理解させられた。この女には、私が必要なのだ。

そんなわけで私は日向家で寝泊まりすることになった。家事は分担なんて話をした気もするが、いざ蓋《ふた》を開けてみるとほとんど私が一人でやっている。それは別にいいのだが、この共依存めいた関係性には危機感をひしひしと感じていた。

そんな手遅れ気味な日々を送る中、私は日向に連れられてライブハウスに出頭した。そこで待ち受けていたのは日向が所属するガールズバンドのメンバーたちだった。

さる休日、私たちは駅前ゲリラライブを敢行することで現象を生き延びた。その時に降り注いだ大雨によって、日向がバンドから借用していたアンプが壊れてしまったのだ。

弁償を覚悟して私は謝罪した。持ち合わせはないが、働いてでも返すつもりである。正直に申し出ると、彼女たちは嬉々として私の身柄《みがら》を確保した。曰《いわ》く、腕のいいリズムギターを一人探していたらしい。そんなわけで私はバンド活動に勤しむこととなった。

その中で聞いたのだが、駅前ゲリラライブの一件はインディーズバンド界隈で伝説となっているらしい。その当事者である私と日向を加えたバンドは、話題性を味方につけ現在メキメキと知名度を上げている真っ只中《まっただなか》だ。

おかげでチケットの売れ行きも好調で、この分ならもう何度かのライブで借金はチャラになる。返済後もバンドを続けるかどうかは、まあ、おいおい考えていくことにしよう。

そんな風に、この頃の私は平穏な日々を過ごしていた。過度の不幸に見舞われることもなく、慌《あわ》ただしいようで穏やかな毎日を過ごしていた。当然ながら、人死に値するような事件なんてものは覚えがない。

だからこそ不思議なのだ。

今、私を毎日殺し続けているこの現象は、一体なぜ引き起こされたのか。

どうして私は再びタイムループに閉じ込められて、毎日を死の中で過ごしているのか。

とても、不思議でならないのだ。

＋＋＋＋＋

今回の現象について整理しよう。

今回初めて私が死んだ時、私は自分が死んだことにまったく気がつかなかった。ある夜日向の家で眠りにつき、翌日寝ぼけた日向を学校まで引きずって、二時間目の授業の途中になってようやく気がついた。この授業、昨日と同じだと。

次の放課に私は日向に相談した。あの女は当然のように気がついていなかった。少しは期待を裏切ってほしい。日向がポンコツなので私は一人で考えた。少なくとも昨夜眠るまでの記憶はあるので、事件は私たちが寝ている間に起きたのかもしれない。

何が起きたかを確認するべく、その夜は一晩中《ひとばんじゅう》起きていることにした。もちろん日向も付き合わせたが、何を勘違いしたのかあの女、コンビニで山ほどお菓子を買ってきた。お願いだから緊張感をもってほしい。

できるだけ太りにくそうなお菓子を選んで摂食しつつ、夜ふかしすること数時間。丑三《うしみ》つ時《どき》をすぎて私たちのまぶたが重くなってきた頃に、突然空がぱっと明るくなった。真昼のような明るさではない。夕焼けのように赤い光が、ストロボのように瞬いた。何事だと思うまもなく、私たちは衝撃に吹き飛ばされて死んだ。

「ありゃ隕石《いんせき》じゃねえか」

時間が巻き戻り、何事もなく目を覚ました日向が言う。いくらなんでもと思ったが、否定できる材料はなかった。

三度目の授業を退屈に過ごした後、私たちは終電で隣町まで移動した。もしも隕石が降ってきて死んだなんていうトンデモ大事件だったのなら、場所さえ移せば回避できるだろう。死を回避したことによって現象が発生してしまうかもしれないが、その時はその時だ。

結果として私は死んだのだが、今回はいくつかのことを確認できた。まず死因だが、本当に隕石だった。空の彼方から、衝撃を撒き散らしながら巨大な火の玉が降ってきたのだ。私は呆然としたし、日向は唖然《あぜん》とした。んなアホな。それが彼女の遺言だった。ちなみに私の遺言はマジかよだった。

もう一つ。隕石は私たちがいた場所目がけて降ってきていた。これが何を意味するかというと、隕石は現象により引き起こされたものだということだ。しかし、前回の駅前爆発事故の時と同様に、今回の現象も一体何がトリガーになったのかがわからない。

最後に現象の規模について。隕石が降ってきた時、私と日向は隣町の駅前でぶらぶらと時間を潰していた。さすがに夜も遅いため人通りは少なかったが、今回の現象に人通りなんてものは影響しないだろう。

なぜならば。あの隕石は、街半分を吹き飛ばしてあまりある大きさだったのだ。

+++++

何度か死んで一通り情報を整理した後、私たちは途方に暮れた。

今回の現象は今までと桁《けた》が違う。なにせ街の大半を吹き飛ばす大災害だ。私たちがギターをべんべん鳴らしてどうにかなるようなものではない。音楽で世界が救えてたまるか。ならば元から人口の多い都心に行けばどうだろうか。私たちはそれを試した。学校をサボって東京行きの電車に乗り、目も回る人並みの中で目を回した。初めて見る大都会に、テンションが上がってしまったのは否めない。遊びまわるような気分ではなかったはずなのに、気づけば歩き疲れてくたくたになってしまっていた。

「どうなるんだろうな」

深夜の一時も回った頃、渋谷《しぶや》センター街のファストフード店で私たちはぼうっとネオンを眺めていた。

「なんとかなるでしょ」

「本当かあ?」

「たぶんね」

彼女は苦笑していた。互いに口にしなかったが、なんとなく予感はあったのだ。きっと今回もダメなのだろうと。

遊び疲れたのか、日向はテーブルに突っ伏して眠ってしまった。相変わらず頼りにならない女だが、隕石が落ちてくるまでまだ時間もあることだし寝ててもらおう。ホットコーヒーで寝ぼけた頭を叩き起こしながら、私はかねてより疑問に思っていたことを考えた。

現象のトリガーとなるはずの、本来最初に起こるべき偶然の不幸のことだ。

これまでに経験した現象を順に思い返していこう。まず記念すべき最初の事件について。あの時は廃ビルの外壁剝落という偶然の不幸が最初にあり、それを避けた結果として私の命を付《つ》け狙《ねら》うダンプカーの暴走事故が発生した。状況を変えても変わらず私の命を狙う不可解なこの事象を、私は現象と名付けた。

二度目の事件では、私たちはガス管の爆発事故に巻き込まれた。最初はこれが偶然の不幸だと考えていたが、何度か死に戻るうちに爆発はピンポイントで私を狙って発生することがわかった。つまり、この爆発事故こそが現象だったのだ。

そして三度目となる今回の事件。二度目同様に偶然の不幸らしきものはなく、隕石は私目がけて降ってきている。これも現象なのだろう。

問題となるのは、二度目と三度目の現象が発生したトリガーだ。一度目の事件に倣《なら》うなら、私は何かしら偶然の不幸を回避したはずなのだ。転びそうなところを踏みとどまっただとか、間一髪で通り雨を回避しただとか、そんなことはあったけれど何も死ぬほどの不幸ではないだろう。だとしたら……ううむ、わからん。

こんがらがってきたので原則に立ち返ってみよう。ルールは一つ、幸福には総量がある。サンタクロースが言っていたこのルールに従えば、現象は幸福の総量を調整する役割があると考えられる。なので、本来あるべき不幸がなくなった時に、現象は不足した不幸を埋め合わせるために発生するのだ。しかしこの頃の現象では、その本来あるべき不幸ってやつがまったく思い当たらない。

だったら、そこが間違っているのではないか。つまり二度目と三度目の現象が発生した理由は、本来あるべき不幸がなくなったからではない。たとえば、不幸ではなく、幸福が。

幸福が。

本来あるべきではない幸福があったから。

だから現象がおきたのなら。

それは、つまり。

落ち着け。大丈夫だ。そんなはずはない。でも。いや、まさか。もしそうだとしたら。

そんなことがあるのなら。私がやっていたことは。私がしてきたことは。

日向が起きた。

気づかれてはいけない。これは仮説だ。この女に気づかれるわけにはいかない。

これは日向のいないところで考えるべきことだ。今は忘れよう。私は一度手洗いに立ち、なんとかして平静を装った。

＋＋＋＋＋

案の定というかなんというか、やはり私は死んでいた。

東京だろうと問答無用とばかりに隕石は降ってきた。前回よりは一回り小さかった気がするが、それでも隕石は渋谷のセンター街を灰燼《かいじん》に帰《き》すくらいのことはやってみせた。爆裂した巨岩が高層ビル群を薙《な》ぎ払《はら》い、ガラスが割れて建物が崩れだしたところまでは覚えている。おそらく私はそのまま崩落に巻き込まれて死んだのだろう。

それ自体は予想していたことなので、驚くようなことではない。それよりも私は考えないといけないことがある。主観記憶にして昨晩立てた仮説についてだ。

目が覚めてすぐ、私はまだ寝ている日向を起こさないように家を抜け出した。今日は日向のいないところで考え事をしたい。どこに行くべきかと考えて、私は駅向こうの廃ビルの一室に潜り込んだ。このビルは私と日向が初めて出会った場所だ。どうしても日向が私に用があるのなら、五番目か六番目くらいにここを当たるだろう。なお、携帯電話などという文明の利器は当然のように持ち合わせていない。

とは思いつつそんな急用なんてないだろうと高をくっていたが、数時間後に日向は息を切らせてやってきた。心配させてしまった罪悪感はあったが、正直言って今の私に取り繕うような余裕はなかった。

「ああ……。見つかったか。悪いね日向。何か用？」

悪態《あくたい》の一つも帰ってくるかと思ったが、彼女の顔は張り詰めたままだった。

「優希？　優希なんだよな？　無事か⁉　大丈夫か、体は動くか？　声は聞こえるか⁉」

なんだ、この反応は。

体は動くし声も聞こえるに決まっている。私が夕焼優希であることを確かめる必要がどこにあるのだ。妙な様子だったが、日向に冗談を言っている様子はなかった。

「ねえ、何言ってるの？」

「ああ……。そうか、そうだよな。じゃあ、やっぱり、そういうことか……」

やはり様子がおかしい。今度は私が聞く番だった。

「日向。何があった」

日向は私の質問には答えず、逆に聞き返した。

「なあ。今日は何年の何月何日だ？」

とてつもない悪寒がした。

私は呆然と今日の日付を答えた。日向はそれを聞いて、噛み締めるように頷く。改めて私は聞いた。

「お前、一体いつから巻き戻ってきたんだ」

日向は言い渋《しぶ》ってから明日の日付を答えた。私は、彼女の目を見てもう一度聞いた。

「ごまかすな。お前、何年の何月何日から戻ってきたんだ」

「……あー。騙そうとは思ってたんだけどな。やっぱ苦手だわ、こういうの」

彼女は白状した。

日向向日葵は、三十六年後の未来から巻き戻ってきていた。

彼女が言うには、あの日私は即死しなかったらしい。

崩れる建物の中にいた私は、頭部を負傷して意識を失った。しかし幸か不幸か、すぐに病院に搬送された私は一命をとりとめてしまった。

それから三十六年に亘《わた》って私は一度たりとも目を覚まさず、日向はそんな私をずっと支え続けてきた。しかし五十三歳になった彼女はある日自宅で意識を失ったという。

「すまん、たぶん熱射病だ。あの日はやけに暑かったんだよ。あたしが先にダウンしちまったから、お前もそのまま逝っちまったのかもしれない」

そんなことはどうでもいい。

それよりも、どうしても確かめなければならないことがあった。震える声で私は聞いた。怒りだとか、悲しみだとか、そんなものでは説明できない感情が私の中に渦巻いていた。

「どうして……。どうして、そんなことをしたんだ」

「そんなことって、じゃあどうしろって言うんだよ」

「殺せばいいじゃないか！」

私は叫ぶ。日向は無言で怒気を吹き上げた。たとえ日向が本気で怒っていようと、私は言葉を止めなかった。

「私が死んだら巻き戻るのは知ってるだろ！　なんで三十六年も待ってんだよ、さっさと殺して巻き戻せばいいじゃないか！」

「んなこと、できるわけねえだろうが！」

日向は私につかみかかった。

「あたしだって散々迷ったんだ！　時間なら腐るほどあったからな！　ああそうだよ、何度もそうするか考えたよ！　何も知らねえくせにそれを勧める奴らの言葉も嫌ってほど聞いてきた！　でもな！」

烈火に燃える瞳の奥に、日向が経験してきた多くの葛藤が垣間見えた気がした。

「あたしに……！　お前を、殺せるわけ、ねえだろうが……！」

この時になって、私はずっと先送りにしていた後悔をようやく自覚した。

幸せになってほしいと願った友を、自らの手で不幸にしてしまったことへの、取り返しのつかない後悔を感じていた。そして同時にわかってしまった。今しがた私が感じたこれを、日向はずっと抱えてきたのだろう。

「……ごめん」

「違えよ……！」

「ごめん……。ごめん、なさい」

「やめろ！　謝るな！」

こんな謝罪ではとても足りなかった。いかに時間が巻き戻ろうとも、彼女の経験した三十六年はなかったことにはならないのだ。

私たちは廃ビルの一室に座り込み、しばらくの間じっとしていた。

何も考えられなかった。これ以上考えるべきこともなかった。後は決断するだけだ。

本当ならもう何度かループを繰り返して、自分の考えが正しいことを確認したかった。しかしそれは許されない。もう二度と、日向にこんな辛い思いをさせるわけにはいかない。たとえわずかでもその可能性があるとわかった以上、次のループへ進むことはできなかった。

答えは出ている。決めるべき時は、今だった。

＋＋＋＋＋

廃ビルの一室で日向は寝入ってしまった。

三十六年の旅路を終えた彼女は、肩の荷が降りたように安らかな寝息を立てていた。そんな日向を置いて、私は一人廃ビルを後にした。

気持ちは静かに凪《な》いでいた。なんとなく、あの場所に行けば彼女に会えるだろうと思った。彼女は近くで私を見ていると言っていた。こうして結論を出した今ならば、彼女も姿を現すのかもしれない。理由もなくそんな期待を抱いていた。

果たして彼女はそこにいた。いつか私が覚悟を決めた、病院の屋上に。その場所でサンタクロースは待っていた。突き抜けるような青空を見上げて、一人佇んでいた。

「捜したよ」

声をかけると、彼女は臆病《おくびょう》な目を私に向けた。

「君はこれから、どうするの」

悲しそうに彼女は聞く。結論を出す前に、彼女に確かめておきたいことがあった。

「どうしても気になることがあったんだ。私が今直面しているこの現象が、どうして起きているのか。それについて、聞いてもらいたいことがある」

サンタクロースは、うん、とだけ答えた。

一度目の現象には、廃ビルの崩落を避けるという明確なトリガーがあった。その事故を避けた結果、幸福の総量を調整するために現象が発生し、私の命を付け狙った。しかし二度目と三度目の現象にトリガーとなる事故はない。私はそれがどうしても気になっていた。

しかし、そもそもこの考えが間違っていたのだ。確かに本来起きるはずだった不幸を避ければ現象は発生するが、このパターンが当てはまったのは最初の一度目だけだ。二度目と三度目の現象が発生した理由は別にある。それはつまり。

本来あるべきではない幸福があったから。それを埋め合わせるため、不幸が起きたのだ。

そこまでわかれば話は簡単だ。この幸福というやつには、嫌というほどに思い当たることがある。この頃の私は大変に平和な日々を送っていた。ぬるま湯と呼んで差し支えないほどに、穏やかで平穏な毎日を存分に享受していた。現象を乗り越えて、友人と共に将来に夢を抱いて生きる毎日は、とても幸福なものだった。

幸福の正体がわかれば後は逆算するだけだ。どうしてこの幸福があるべきではないのかは考えるまでもない。本来ならばあの日病院で死ぬはずだった私は、運命を覆して今もこうして生きている。この幸福こそが、何度も何度も私を殺し、日向を三十六年の地獄に突き落とした元凶だ。

だから。

私が生きて幸せになるほどに、現象は規模を広げながら何度でも繰り返されるのだろう。

以上が、私に起きたことの答え合わせである。私の話を聞き終えたサンタクロースは、何も言わずに短く肯定した。私たちはしばらく佇んでいた。冬の気配を纏う冷たい風が、屋上に干された白いリネンをはためかせていった。

「こんなつもりじゃなかったんだ」

サンタクロースは言う。

「こうなることを考えなかったわけじゃない。だけど、何かがどうにかなるのかもって思ってた。あの屋上であんな終わり方をするくらいなら、少しでも幸せをつかみ取ってほしいって思って。でも……」

彼女の言葉には、運命を受け入れる殉教者のような、凪いだ感情がそこにあった。

それは私と、よく似ていた。

「そんなこと、何の意味もなかったんだ」

幸福を与える者であるはずの彼女は、自分の手で幸福を否定した。

私は幸福をつかみ取った。今までの人生からは考えられないくらいに、私が生きた毎日は幸せに満ち溢れていた。しかし、幸せになれば救われるなんて考えは幻想だ。私が手にした幸福こそが、今、私を殺そうとしている。

「私にはもう、幸せが何なのかわからない」

サンタクロースの目には、深い後悔が刻み込まれていた。

きっと彼女の内には純粋な善意があったのだろう。本気で私に幸せになってほしいと願っていたのだろう。きっとそれは、日向が私に向けていた裏表のない行動や、私が日向に対して無自覚に抱いていた感情と、同質のものだった。

私たちはみんな、同じ願いを抱いたまま、同じ地獄に落ちていた。

サンタクロースは沈黙する。ここには未来も希望もない。ここにあるのは、今となってはどうしようもない現実だけだ。だけど、私は。サンタクロースの手を借りることで、この現象を止める術を知っていた。

「サンタクロース。お願いがある」

いつかのように、私は彼女の手を頼る。彼女は無言で続きを促した。

「一つだけ、なかったことにしたいことがある。自分ではできないから君に頼みたい」

「……なにを？」

「私が生まれてきたことを」

きっと、これがたった一つの正解なのだ。

生きているだけで幸福を消費してしまうのなら、そもそも生まれてこなければいい。何もかもがなかったことになれば、私が消費するはずだった幸福がどこかの誰かに還元されるだろう。それはわずかなものだろうが、幸せになるべき誰かのためになるかもしれない。

それはきっと、意味のあることだ。

幸福も。不幸も。葛藤も。決意も。努力も。挫折も。熱意も。諦念《ていねん》も。正義も。悪徳も。生きたことも。死んだことも。何一つ意味などなかった私の人生に比べれば。

それはきっと、何かしら意義を見出せることのはずなのだ。

「私の人生に」

以前、日向は探していた。自分が生きることの意味を。自分が死ぬことの意味を。一足先に、私はその答えにたどり着いた。

「意味なんて、なかった」

サンタクロースはうつむいて震えた。彼女は私の頼みを聞いてくれるだろう。私はサンタクロースに背を向けて、屋上の縁へと足を向ける。巻き戻りは私の死を条件に発生する。何度も何度も死んできた私だが、最後くらいは自分の手で幕を引きたい。

日向はきっと困惑するだろう。彼女には何の説明もなくここに来てしまった。そのことについて悪くは思うが、話し合いたいとは思わない。日向には日向の人生がある。私と出会ったこの数ヵ月のことなど忘れて、彼女は自分の幸せをつかみ取るべきだ。

思えばつまらない人生だった。私は何者にもなれずに、人生に意味などないまま消えていく。まさしく私は生まれてこなければよかった人間だ。ならば私が経験したこの数ヵ月は、そこにいた私は何者だったのだろう。そんな考えは、やはりつまらない結論に至った。

私の名前は夕焼優希。十六歳高校生。兼、タイムリーパー。それ以上に語るべきことは、もう何もない。

これは、私が人生を諦めるまでの物語だった。

7章　春の嵐《あらし》は冬を切り裂く

サンタクロースは夕焼優希の物語をずっと側で見ていた。

夕焼の推察も、夕焼の努力も、夕焼の選択も。時を巻き戻すと決めた時から、夕焼優希の身に起こった全てを彼女の側で見続けた。

時を巻き戻したところで、必ずしも幸福になれるわけではないことはサンタクロースも知っていた。しかし、あの日病院の屋上で死のうとした夕焼優希を見て、何かをせずにはいられなかった。

そんな中途半端で衝動的な決断を、サンタクロースはすぐに後悔することになる。いかに夕焼がその場の現象を生き延びようと、幸福の総量は決して変わらない。それどころか夕焼が幸せになるほどに、現象は強度を増して彼女に降りかかる。

幸福になってほしいと願った相手が、自分の過ちで終わりのない不幸に巻き込まれていく様子を側で見届けながら、サンタクロースはずっと考えていた。自分がしたことはなんだったのか。自分はどうするべきだったのか。自分が夕焼に与えようとした幸福とは一体なんだったのか。そんな葛藤に、夕焼優希は苦しみぬいた末に結論を示してみせた。

そこに意味など、なかったのだ。

「だからお前は、あいつの願いを叶えたのか」

アパートの片隅に座り込んだ女は、無言のまま虚空を見続けていた。

腰まで届く金糸の髪を持つ女だった。勝ち気だった瞳は憔悴《しょうすい》し、焦点も合わずに虚空を見つめている。しばらく水も飲んでおらず、女は心身ともに衰弱していた。

彼女の名は日向向日葵。サンタクロースが夕焼優希の存在を消し去ったこの時間軸で、友に巡り会えずに一人で生きてきた女だ。

サンタクロースが夕焼優希の願いを叶えたことで、過去改変が発生した。日向はその影響をもっとも多く受けた人間だ。夕焼と出会ったことで未来に歩き出したという事実は消え去り、この狭い部屋で将来に希望を抱かぬまま生きていた。その上で日向は、夕焼優希と共に過ごした全ての時間を、つい先日克明に思い出していた。

時間が巻き戻り現実が書き換わったとしても、巻き戻りの軸になる人間の死との間に関係性があれば、書き換わる前の記憶を引き継げる。日向と夕焼の関係性は、サンタクロースによる介入の余地がないくらいに強固なものだった。ゆえに全ての記憶を引き継いで、この世界に夕焼優希がいないことを確認した日向は、この部屋でただ虚空を見つめていた。

「私も……。わからないんだ。どうすればよかったのか。私はどこで間違ったのか。でも、考えても、わからなくて」

せめて日向には事情を説明するべきだろうと、サンタクロースは自分が知っていることを伝えた。少しだけすがる気持ちもあった。一人で背負うには重すぎる罪を、共有してくれる誰かを求めて。

しかし、それもまた甘い考えだった。

「私はあの子を救いたかった。そう思うのは君もきっと同じだと思う。だから、一緒に考えてほしいんだ。どうしたらあの子を救えたのか。私にはできなかったけれど、優希ちゃんの理解者だった君になら、それができるかもしれない」

日向は無言を返す。サンタクロースについての話は、以前夕焼優希から少しだけ聞いていた。今更になって目の前に現れた女が並べた言葉は、日向にとって今更何の意味もない。

「サンタクロースって言ったか。お前、そんな話をあたしにしてどうするんだ」

「どうするって……。だって、君だって、あの子のことを」

「三十六年の暗闇《くらやみ》がようやく明けて、久々に話せたと思った相棒はこの世界から消《き》え失《う》せた。何をどうすればよかったかなんて、あたしだってわからない。なのに、もう一度立ち上がって一緒に頑張りましょうって言うのか？」

日向は顔を上げた。その目にはもう以前の輝きはない。未来に希望を抱くこともなく、何かを求めて手を伸ばすこともない。

日向向日葵という人間は、あの屋上で、夕焼優希と共に死んだ。ここにいるのは、命だけが続いている抜け殻だ。

「一つ、思いついたことがある。幸福には総量があんだろ。なら、当たり前に生きていられる命を殺せば、当たり前に生きられなかった命が生きられるんじゃないか？」

「日向……。そんなことはありえない。生きることと死ぬことは等価じゃないんだ。生きることは死ぬことよりもずっとずっと難しい。そんな風に一人の命が生きるためには、多くの命を殺さなきゃいけない」

「だったら、殺しまくればいい」

半ば以上に日向は本気だった。そうするべきではないという理性もあるが、なぜやってはいけないのかもうまく考えられない。ただ、ひどく疲れていた。これ以上過ちを犯す前に終わらせるべきだと、そう思った。

「ぐちゃぐちゃなんだ。もう何もわからない。何もかもぶっ壊したくてたまらない。なあ、なんでだよ。生きるのってなんでこんなに難しいんだ。なんでどいつもこいつも平然と生きていられるのに、あたしたちだけがこんなに苦しまなきゃいけないんだ。あたしも、優希も、ただ生きていたかっただけなんだよ」

緩慢な動きで立ち上がった日向は、台所から持ってきた包丁を放り投げる。からんと床を滑《すべ》るそれは、サンタクロースの足元で止まった。

「あいつの願いを叶えたんだろ。なら、あたしの頼みも聞いてくれよ。一人も二人も変わりゃしないはずだ」

その日からだ。

その日からサンタクロースは、胸を張って自分の名を名乗れなくなった。

結局、サンタクロースには何もできなかった。日向は自分で包丁を拾い上げると、躊《ちゅう》躇《ちょ》せずに自らの心臓を刺し貫いた。

生から死へと急速に転じる日向の時間を、サンタクロースはとっさに静止した。助けようとしたわけではない。引き留めようとしたわけでもない。それは結論を先送りしたいがための保留だ。

結果として日向は変容した。金糸の髪はどす黒く変容し、琥珀の瞳には黒々とした闇が渦巻く。生きることはできず、かと言って死にきれない。止まってしまった人間の成れの果て。そんな状態になった日向は、ただ一つのことを求め続けた。

命を殺すこと。

それだけが、日向に残された、たった一つの執着だった。

＊＊＊＊＊

四人。部屋に集まっていた。

俺と、棗と、月島と、サンタクロース。四人の人間が狭い六畳間に詰めていた。

「あれから二年、私はこの部屋に留まった。何をすればいいのか、どうすればよかったのか、それだけをずっと考えながら」

サンタクロースは、長い長い思い出話をそうしめくくる。それからしばらく、俺たちは一言たりとも言葉を発しなかった。

過去改変が起きただろうとは推測していた。きっとそこには、何か事情があったのだろうとも考えていた。しかし、いかに予想していたとは言え、納得できるわけがない。

どうして自分の手で生まれてきたことを否定しなきゃいけない。

どうして自分の人生に意味がなかっただなんて言わなきゃいけない。

理屈なんて関係ない。そんな結論なんてあってたまるか。そこにどんな力学があろうとも、こんな不幸を認めてたまるか。

「灰原はさ。誰かの幸せを願うことは間違ってないって言ってたけど」

疲れ切った顔で。多くの痛みに怯えながら、サンタクロースは言う。

「これでも、私が間違ってなかったたって言えるの？」

「大丈夫だ」

必死になって頭を動かしていた。どうすればいいかはわからない。それでも、何をするかだけは絶対的に決まっていた。

「大丈夫だ。絶対に、なんとかしてやる」

「うん」

「お前が何年迷ったかなんて知らねえけどな。こんなもん楽勝だ。むしろ拍子抜《ひょうしぬ》けしたくらいだわ。待ってろ、すぐになんとかしてやる」

「うん。わかった」

幸福の総量という絶対の原則。生まれてきたことを否定した夕焼優希。何もかもを失った日向向日葵。それらを全て見届けて、今もなお苛《さいな》まれるサンタクロース。どれ一つをとっても気に入らない。これは俺が焼くべき灰色だ。

「そうですね。絶対にどうにかしましょう。私たちはそれをしなければなりません」

黙り込んで話を聞いていた月島は、拳を強く握りしめた。

「サンタクロースさん。黒い女——いいえ、日向さんはいますか」

「いるけど。呼んだほうがいい？」

「お願いします」

サンタクロースは押し入れを開くと、中に隠れていた黒い女がのそのそと這い出てきた。黒い女に隠れていてほしいと頼んだのは俺だ。この部屋で話をするにあたり、月島と黒い女を直接会わせないほうがいいだろうと思ってのことだった。

月島はもう一度拳を握りしめ、黒い女に語りかける。

「今の話の中で、気になったことがあります。聞いてもらえますか」

部屋の隅に座り込んだ黒い女は、微動だにしなかった。

「夕焼優希の存在が消えたことで、彼女が本来享受するはずだった幸福は何かしらの形で誰かに還元されたのですよね。きっとその幸福は、あなたとサンタクロースさんの二人に降りかかったのではないでしょうか」

黒い女は反応を返さない。月島は気にせず続けた。

「だって、こんな宇宙中探しまわっても一人か二人しかいないようなとんでもない馬鹿が、たまたまこの部屋を訪れたんですよ。それって、とんでもない偶然じゃないですか」

いい感じの流れで罵倒されたような気がしたが、俺はぐっと我慢して空気を読んだ。

「それと、あなたは夕焼優希を取り戻すために人を殺し続けました。その試みの全てはサンタクロースさんの手によりなかったことになりましたが、少なくともその行動こそが、そこにいる馬鹿に火をつけました。欠如した倫理観がたまたま人間の形をしている、無上の大馬鹿者に」

これはツッコむべきなのだろうか。恐ろしい繊細さで作り上げられたなんとも言えない空気にもにょるが、口は挟まなかった。

「あなたたちの努力は、何一つ無駄ではなかった。だからもう、後のことは私たちに任せてください」

黒い女は顔を上げる。光が宿らぬ黒々とした瞳だったが、それを向けられた月島は怯まず正面から微笑んでみせた。

仔細は差し置くとして、月島の言う通りだ。後のことは俺たちに任せておけばいい。何か、手段があるはずだ。この状況を覆す術が。今の話に何か手がかりはなかっただろうか。サンタクロースから聞いた話を思い返す中、ふと気がついた。

こういう時、真っ先に何か気がつきそうなやつが黙り込んでいる。

「棗、どうかしたか？」

「あー……。いや、ちょっと。気になるところがあってな」

棗はカレンダーアプリを開いたスマートフォンを横に置き、ノートにメモ書きらしきものを走らせる。悪筆すぎて内容はわからないが、覗き込もうとすると棗は突然顔を上げた。

「サンタクロース、時系列を確認したい。それぞれの現象が起きた日付と、繰り返した回数を教えてくれ」

「ええと……。大体は覚えてるけども。正確じゃなくてもいい？」

「大丈夫だ。あともう一つ、夕焼優希ともう一度話をすることは可能か？」

「それって、過去改変を元に戻すってことだよね。できなくはないけど……。あんまり気軽にはやりたくないかも」

「そうか、わかった」

棗はサンタクロースから聞いた情報をノートに書き連ねる。日付と回数を書き連ねたと思えば、次はグラフを書き出した。この男、二次関数なる大学生らしからぬオーバーテクノロジーを操っていた。

「灰原。確かお前、前に当たり付きの菓子を買ったら八割くらい当たったって言ってたよな。あれっていつの頃だ？」

かと思えば、唐突にそんな雑談めいた質問を投げかけてくる。俺はいよいよこいつが何を考えているのかわからなかった。

「今となってはなかったことになった時間だけど、月島から話を聞こうと頑張ってた頃だな。それが何か関係あるのか？」

棗は俺の質問に、質問で返した。

「あの時お前、何回死んだ？」

＊＊＊＊＊

棗が提唱した仮説はとんだ眉唾《まゆつば》ものだったが、検証を進めるにつれてそれは確信に変わっていった。

語るだに恐ろしい事実であった。確かにこれは、紛《まが》うことなき現象の攻略法だ。しかし決して平易な道ではない。むしろ困難を伴うとんでもないゴリ押しである。それでもこれは、解決策であることに違いはなかった。

「うっわ……。これマジじゃねえか……」

神社の境内《けいだい》にて、巫女《みこ》さんがドン引きするほど買いまくった大量のおみくじに埋もれて、俺は打ちひしがれた。その九割以上が大吉である。とんでもない幸運の無駄遣いだった。

「よかったな灰原。こんなに大吉引いたの、初めてだろ」

「なんも嬉しくねえよ。こんだけ幸運があるなら、ソシャゲでもやっときゃよかった……」

「それもそれでどうなんだ」

検証の結果として手に入った大量の幸運を、あろうことか文字が書いてあるだけの紙切れに交換してしまったのだ。こんなことならせめてかわいい女の子の絵に交換しておくほうが建設的だったのかもしれない。

「そんなこと言うなら、宝くじでも引けばよかったじゃないですか」

月島は自分の手にあるおみくじを眺めながら言う。彼女が自分で引いたそれには、ただ一文字凶々しい文字が刻まれていた。それを手にした月島は、俺と棗の顔を見ていたく納得したように頷いていた。

「あー。それはダメだ。約束がある」

「宝くじを引いちゃいけない約束が？」

「まあな。サンタクロースのやつ、そういうのは嫌なんだと」

これもまた、消えてしまった時間での約束だ。今となっては懐かしいものだが、記憶は俺の中に焼きついている。無下にする理由は一つもなかった。

ともあれこれで一通りの検証も終わった。残すは本番のみである。俺たちは神社を後にして、サンタクロースが待つアパートに戻った。

「おかえり。どうだった？」

「終わったよ。棗の仮説通りだった」

「じゃあ……。後はもう、行くだけなんだね」

帰ってきたアパートの一室で、サンタクロースは最後の確認をした。

これからやるのはいつもの巻き戻りではない。現時点の俺のまま過去に飛ぶ、時間跳躍《タイムスリップ》だ。サンタクロース曰く、時間跳躍は巻き戻りに比べてパラドックスの懸念が大きくなるため、多人数の跳躍は難易度が跳ね上がるらしい。なので、実際に飛ぶのは俺だけになる。

「何度も言ったけど、私たちはこれから過去を再改変する。直接変えるのはたった一人の人間の命だけど、バタフライエフェクトがどうなるかなんて私にもわからない。ひょっとすると、君たちがこうして出会うこともなくなるかもしれないんだ。本当にいいの?」

サンタクロースは今更の忠告をした。ここまで来て、ちょっと待ってなんて言葉が出てくるはずがない。返事をしたのは月島だった。

「この二人と出会わずに済むなら、本望ですよ」

「ちょっと待ってくれサンタクロース。灰原のことはどうでもいいが、月島とだけは会えるようにしてくれないか」

「俺からも頼む。棗はどうせ放《ほ》っといても会うだろうが、月島と金輪際の別れになるのは心苦しい」

「本当にブレませんねあなたたち」

サンタクロースは苦笑まじりに首を振る。残念だ。棗の野郎とは切っても切れない縁があるが、ひょっとすると月島とは会えなくなるかもしれない。しかし、それもこれも覚悟しなければならないだろう。俺たちには絶対にやり遂げると決めたことがある。俺は涙を拭って月島の手を握ろうとした。払いのけられた。

「また会おうぜ、月島。きっと、巡り会えるさ」

「ああ。俺たちの友情は永久不滅だ。そうだろ、月島」

「控えめにしとけよ馬鹿ども」

初めて月島の敬語が取れた、記念すべき瞬間である。俺たちの友情に乾杯だ。

お別れなんてものはしなかった。こんなおふざけをしたって、これが別れになると本気で思っているわけではない。月島とはなんだかんだで出会うだろうし、棗と別れるとしてもこんな別れ方はしないだろう。きっと俺たちは、寒風吹きすさぶ断崖絶壁《だんがいぜっぺき》で壮絶な死闘を繰り広げた末に今生の別れを刻むのだ。

「灰原」

そろそろ行こうというタイミングで、棗が口を挟む。

珍しいことを言う奴だ。おう、とだけ返した。俺たちは顔を見合わせて、あまりのらしくなさにへらへらと笑った。

「頑張れよ」

俺はサンタクロースに促されて目を閉じた。ぐわんと頭が揺れた。妙な感覚だ。空気を感じない。重力を感じない。ありとあらゆる物や音を感じない。ただ体の中で鼓動だけが鳴り続け、自分以外の全てが消えていた。場所、というものから切り離される孤独。どれほど時間が経ったのかはわからない。体感時間はすっかり麻痺《まひ》していて、一秒と一時間の区別がつかなくなっていた。

突然、俺は放り出された。冷ややかな風が髪を揺らし、はためくリネンの音が耳孔《じこう》を打つ。靴の裏から堅いタイルの感触がした。ゆっくりと手を握ると、血液がじんわりと末端に満ちていき、手のひらに久方ぶりの暖かさを感じた。目を開く。快晴の空から降り注ぐ、眩い光に目がくらんだ。何度か目を瞬いてピントを合わせる。ここは、病院の屋上だ。

風にたなびくシーツの向こうに。

一人の少女が立っていた。

*****

廃ビルに日向を置き去りにして、私、夕焼優希は一人で病院を訪れた。

気持ちは凪《なぎ》のように静かだった。ここに来れば、サンタクロースに会えるような気がした。私が繰り返したこの時間を終わらせるには、きっとこの場所こそがふさわしい。

果たして彼女はそこにいた。はためくリネンの向こうで、サンタクロースは待っていた。

それと、もう一人。

見知らぬ男がそこにいた。

「お前が、夕焼優希か」

男は私の名前を知っていた。

そろそろ冬が始まろうというのに、男は随分とラフな装いをしていた。派手なアロハシャツとカーゴタイプのハーフパンツ。染めたばかりの均質な金髪。どこのヤンキーかと見《み》紛《まが》うファッションセンスだが、顔立ちは強面《こわもて》どころか人好きのする線の細さだ。その顔をピシリと張り詰めさせて、彼は私をまじまじと見ていた。

記憶を洗いなおすが、やはりこの男に見覚えはない。どちら様だろうと困っていると、サンタクロースが間を取り持った。

「あー。話せばものすごく長くなるんだけどね」

久しぶりに会った彼女はどこか投げやりに口を開く。疲れているのかもしれない。

「この人の名前は灰原雅人。一言で言うととんでもない馬鹿。一切の常識が通じない危険人物だし、近づくと噛むから気をつけて」

散々な言われようだったが、灰原と呼ばれた彼はまんざらでもなさそうに頷いた。よくわからないが、少なくとも彼が寒さをそんなに気にしていないことはわかった。

「結論を出す前に、答え合わせをしに来たんだろ。俺はそれに赤ペンをつけに来た」

奇妙なことに、灰原は私が言おうとしたことを先取りした。

「お前の推測は概ね間違っちゃいない。幸福には総量があり、本来あるべきではない幸福があれば現象が不幸を招いて総量を保とうとする。本当はあの日死ぬはずの夕焼優希が生き延びたことで、その分の幸福を埋め合わせるために起きた現象が立て続けにお前を見舞った。それについては正解だ」

心臓が凍《い》てつく感覚がした。

この男は私のことを知っている。私が経験してきたことを知っている。それだけではない。私が今から言おうとしたことまでもを知っている。私はそれがどういうことなのかを知っていた。

「あなたは、未来から来たのか」

「察しがいいな」

彼はそっけなく答える。私はこの男を睨んだ。見ず知らずの人間に見透かされて、面白いとは思わない。

「ただし、ここには抜け道がある。わかりやすいのは二度目の現象、ガス管の爆発事故だ。最初の一回目では、事故に巻き込まれたのは十六人だった。死者が二人で、重傷者が三人。そうだったよな」

私は肯定した。あの日々のことは今でも記憶に新しい。辛い記憶か楽しい記憶かは判断に迷うところだが、忘れられるようなものではなかった。

「でも、それだけじゃない。駅前の大事故だぞ。直接事故に巻き込まれずとも、物的被害も相当のものだったはずだ。施設や設備が破壊されれば、下手すりゃ営業をやめざるを得ない店舗もあっただろう。そのせいで人生が狂った人も、一人や二人じゃなかったはずだ」

そう言われてみると確かにそうだ。副次的被害も考えれば、実際の被害は十六人という数字以上のものになる。しかし、実際の被害規模が認識以上のものだったからといって何の意味があるのだろう。

「そうして始まった一回目の大事故は、最終的には路上ライブに集まった群衆へのゲリラ豪雨という形で収まったんだったな」

ああ、なるほど。そういうことか。そう丁寧に提示されると気づくものがある。

「この二つは本当に等価だったのか？」

「……いや。そうは思わない」

私は、彼の言わんとする事をようやく理解しはじめた。

初めと終わりを比べれば、現象の規模に明らかな差がある。きっとそこには何らかの原因があるはずだ。現象を軽減できる何かが。そこに一瞬の光明を見て、私は自分で否定材料を見つけてしまった。

「でも、廃ビルの事故の時は等価だった。初めは私が自死を選んだし、最後も結局人が死んでいる。初めと終わりはほとんど変わらない」

「そうだな。細かいことを言えば、苦しんで死んだか即死したかの差があるが、言ってしまえばその程度だ。廃ビルの一件について言えば、不幸は限りなくそのままの形で他者に移動した」

だとすると……。現象は何によって減衰するのだろうか。廃ビルの時には欠けていて、駅前の時には満ちていた要素があるはずだ。考えてもすぐには答えが出なかったが、目の前の男は答えを知っているようだった。

「廃ビルの時は二回。駅前では十数回。そうだっただろ」

「何がだ」

「やりなおした回数。お前が死んだ数と言いかえてもいい」

ああ、なるほど。それが関係してくるのか。

死んだ数に比例して、現象の規模が少なくなっている。推測するなら、たとえやりなおしたとしても私の死は不幸としてカウントされるのではないか。だから死ねば死ぬほどに現象は弱まっていく。思い返せば、駅前で死に続けた日々の最中でも、事故の規模は徐々に小さくなっていった覚えがある。

「でも、これだと凡例が少なすぎる。たった二回分しかないじゃないか。信じるにはもう少しデータがほしい」

「データならあるぜ。こっちでも検証してみた」

「……どうやって?」

「試しに百回死んでみた」

啞然とした。百回。この男、百回死んだと言ったか。

「死ぬ前に百本おみくじを引いて、百回死んだ後にも同じことをした。結果は、死ぬ前は大吉が十四回と大凶が二十一回。死んだ後は大吉が九十四回。大凶はゼロだ」

私に言わせれば想像を絶する苦難を、彼はなんでもないことのように言った。

この男は私が経験したのと同じように、しかしまったく違うアプローチから何度も何度も死に戻った。それをやったということは、サンタクロースは全面的に彼に協力したのだろう。彼女がどこか疲れた顔をしている理由がわかった気がした。

なるほど、検証済みなら納得できる。それなら次は、実際にどうするかの話だ。

「つまり……。私はこれから死にまくればいいってことか。この隕石がなくなるまで」

「そういうことになる」

「簡単じゃなさそうだ。何千回、何万回と死ぬことになるのか」

街の大半を消し飛ばす規模の不幸を相殺するには、私は何度死ねばいいのだろう。私が経験した死に戻りは全て合わせても数十回だ。何千回と死に続けて、精神を保てる自信なんてどこにもなかった。

「数なら出せるぞ。お前が生きた日数と、現象による被害の規模と、死んだ回数による減衰具合とを計算してみた。正確性は保証しないが、おおよその数字は三対六対二になる。つまり三十日生きようとしたら、六十人死ぬ現象が起きて、それを減衰するには二十回死ねばいい」

計算式が出てくるとは思わなかった。体に染み付いた考える癖が、ほとんど反射的に違和感を見つけだす。

「それは違う。三度目の現象で降ってきた隕石の規模は、私の生きた日数とは見合わない」

「そうだな。あの隕石が巻き起こした不幸の総量は、およそ六万人分の死亡に相当するものだと考えている。物的被害も誰かの不幸に繋がると考えれば、実際の死者数はもっと少ないはずだが、どちらにせよお前が生きた日数とは数字が合わん」

ますますわからなくなった。隕石の被害規模なんて、素人の私には想像がつかない。渋谷のセンター街が吹き飛んだと考えると……。どうなのだろうか。隕石事故としては前代未聞の規模になるだろうことは間違いないだろうが、具体的な人数まではわからない。せめて数字の根拠がほしい。

「幸福には総量があるという原則に対して、あの事故は規模が大きすぎるんだ。あの事故に見合うだけの幸福なんて、どこにもなかっただろ。これについてお前の認識はどうだ？」

「それは……。確かに、あの隕石はやりすぎかもとは思う」

そういうものかと諦めていたが、いざ問いなおされると疑問がある。いくら天命を越えて生きたからって、それは隕石で街ごと吹き飛ばされるほどの罪なのだろうか。

「つまり、隕石を引き寄せた幸福が何なのかという謎はまだ解けていない。実を言うと、俺もまだこの謎の答えは確定できていない。だけど仮説ならある。鍵になるのは幸福を前借りできたということだ」

「……幸福の前借り？　そんなことした覚えなんてないけど」

「いや、意識せずともお前はそれをやっていた。二度目の現象が起きたのはある程度の日数を過ごした後だっただろ。つまりお前は先に幸福を享受して、後から現象が起きて不幸に見舞われた。それができるってことは、同様に不幸の前借りも起こりうるのではないかと仮説を立てた」

ああ、現象の仕組みの話か。それなら私も理解できる。つまり隕石によって先払いされた巨大な不幸は、これからの幸福によって埋め合わせられるということだろう。

「そう考えると、隕石を呼び寄せた幸福の正体が見えてくる。それはお前が何よりも求めてやまないものだった。現象に意図なんてものがあるかはわからないが、現象はお前にそれを与えるために隕石を降らせたとすら思えてくる」

何のことを言っているのかは、すぐに察しが付いた。

あまりにも魅力的な話だった。だからこそ、信じていいのか不安になる。何か私は騙されているのではないか。見落としがないかと考えるが、すぐには見つけられない。そんな夢みたいな話が、あっていいものなのだろうか。

「時間はある。ゆっくり考えてくれればいい。さっきも言ったが、これはあくまでも仮説に過ぎない。これが答えだという確証はないし、それを確認するのはこれからだ」

そんなことを言ったって、期待してしまうじゃないか。

私は、それがほしくて、どうしてもほしくてほしくてたまらなかったんだ。

「隕石の対価は、お前の未来だ」

気持ちを落ち着けるのに、少々の時間を要した。

少し、見苦しい姿を見せてしまったかもしれない。それでも灰原はずっと待ってくれていたし、サンタクロースは私を気遣ってくれた。目元を拭って、私は続きを促した。

「お前が残り八十年生きるとして、その日数はおよそ三万日。さっきの計算式に当てはめると、六万人の死亡事故相当という数字になる。これが隕石の被害規模の根拠だな。もう一つ数字を出すと、この不幸を減衰するには二万回死ななければいけない」

二万回の死。こうして数字が出ると、やはり気が遠くなるような数字だ。それでも彼が与えてくれた希望は、その数の死に立ち向かえるだけの勇気を与えてくれた。

「安心しろ。そのために、俺が来た。不幸と幸福は巻き戻った人間を基準とするが、死ぬのは巻き戻ったことを覚えている人間なら誰でもいいんだよ。俺も一緒に死んでやる。それなら、死ぬのは一万回で済むだろ」

「簡単に言うよね。一万回だって、人が壊れるには十分な数だと思うけど」

「任せろよ。これでも俺、死ぬのは慣れてんだ。千だって万だって億だって死んでやる。それでも足りなきゃもっともっと死んでやる。だからお前は、百まで生きて笑って死ね」

ここまで言われると、いよいよわからなくなってしまう。

一体何なんだこの人は。私たちは見ず知らずの他人じゃないか。そんなことして、一体彼に何の得がある。

「ねえ……。教えてよ。どうしてあなたは、そんなことを言えるんだ。私たちはほとんど初対面じゃないか」

「あー。わかるよ優希ちゃん。そういうのすごいわかる。こんな風に無償の善意を向けられると、どうしていいかわかんなくなっちゃうよねー」

口を挟んだサンタクロースは、悟りにも似た顔でぶんぶんと頷いていた。同情されているらしい。なぜだ。

「灰原。いつものやったげて」

「いつものってなんだよ」

「あんたのお家芸。得意でしょ」

雑な振りである。灰原はやりづらそうだったが、咳払いを一つして、渾身のキメ顔を披露してくれた。

「誰かの幸せを願うことは、間違いなんかじゃないからな」

へえ、そうなんだ。私は思ったことをそのまま口にした。

「なんなんだその胡散臭《うさんくさ》いセリフは。他人の幸せを願うとかなんとか言って人に近づくやつは不審者だって相場が決まってる。裏があるのはわかってるんだ、言うことあるならさっさと言って」

「ごめんちょっと待ってその反応は想定してなかった」

率直な懸念を右ストレートでぶつけると、彼は思い切りへこんでいた。流れ弾を受けたサンタクロースも同様にへこんでいた。猜疑心がおもむくままに口走ったが、今の優希ちゃんはちょっとだけ口が悪かったかもしれない。

「まあ、その。諦めなよ、優希ちゃん」

サンタクロースは気を取りなおした。

「こいつ、本当に馬鹿なんだ。損得勘定なんていうお利口さんの理屈は通じないって思ったほうがいい。やりたいと思ったら、こいつはやる。どんな突拍子のないことでも本当にやる。この人に理性なんてものを期待するのはまったくの無駄だ。ある意味では現象よりもよっぽど性質が悪い」

「なあサンタクロース、お前もひどくないか？」

「最初にも言ったけど、こいつはとんでもない馬鹿だ。一切の常識が通じないし、何考えてるかまったくわからない。だけどまあ、悪いやつじゃないってことは保証するよ」

「最後にフォローしとけば何言ってもいいって思ってんじゃねえぞこの野郎」

散々な言われ方をした当人は抗議していたが、サンタクロースの言い分は私にも腑に落ちてしまった。少なくともこの人は、検証とやらのためにさらりと百回死んだのだ。私が死んだ数を全て合わせてもその数には届かない。だとすると……。彼は、本当に、ただの善意でこれをやろうとしているのか。

考えてみる。突然に現れたこの男は、考えもしなかった方向から打開策を提示した。これは願ってもない話だ。差し伸べられた手を取らずにいられる余裕なんて、私にはない。しかし、私には、もう一つ気にかかっていることがあった。

「……灰原さん。こんなこと言える立場じゃないかもだけど、一つだけお願いがあります」

「今更かしこまるなよ。これから長い付き合いになるんだ。もっとラフにやろうぜ」

「じゃあ、灰原。もう一人一緒に生きたい人がいるんだ。そいつにも手伝わせるから、そいつの寿命も延ばしていいかな」

「ああ。日向向日葵のことか」

肯定する。彼は日向のことも知っているらしい。前回のループで、日向は五十三の年で死んだ。きっとそれが彼女の寿命なのだろう。日向とはまだ知り合って数ヵ月の仲だが、私には彼女のいない人生なんて考えられなかった。

灰原はサンタクロースをちらりと見た。決定権があるのは彼女のようだ。サンタクロースは特に考える素振りも見せず、気楽に答えた。

「好きにしたらいいんじゃない？」

軽い口ぶりだった。

「本気で誰かを助けたいって思うなら、命を燃やすのも悪くないかもね。私だって、君たちを助けるためにここに来たわけなんだし。ことわる理由は一つもないかな」

「意趣返しのつもりかよ」

「降参って意味ですよ」

灰原はにんまりと、サンタクロースはくすくすと笑う。二人にとっては何か意味のあるやり取りのようだった。

「それにね。誰かが幸せになるのは、とても素敵なことだから」

サンタクロースはさも当然のように言ってみせた。

そんな二人の楽しそうなやり取りが少しだけうらやましくて。

私は、諦めることを諦めたのだ。

＊＊＊＊

日向の奴は今日も寝坊した。

もう何千回と繰り返しているのに、あの女の寝坊癖はまったくもって直らない。直らないどころか悪化している。叩き起こしてやるのは簡単だが、まあ、たまには寝かせておいてやろう。あいつがいると退屈しないのは事実だが、うるさくて仕方ないのも事実である。

「サンタクロース。ちょっと散歩いってくる」

「あいー」

極限まで気が抜けたサンタクロースを二〇四号室に置いて、私は一人で外に出た。こんな狭い部屋に女三人。生活空間は恐ろしいほど狭く、私は今まで以上に散歩を愛していた。灰原が一人でカプセルホテルに寝泊まりしていたのは彼なりの気遣いだったのだろうが、どちらかというと物理的に助かっていた部分が大きい。

早朝の街を一人ぼんやりと歩きながら、私はこれまでのことを思い返す。季節は初冬。何度も何度も繰り返した、終わらない冬の日々。すっかり慣れ親しんだ冬の寒さは、積み重ねた思い出があればそんなに寒くはない。こういう時間はまあ、それなりに好きだった。

私と日向と灰原。それとスペシャル・アドバイザーのサンタクロース。あの日結成された即席パーティは、合計三万回のわくわく死亡体験へと旅立った。私の寿命を延ばすのに二万回、日向の寿命を延ばすのに一万回。共に大体の数字である。

正直に言うと、最初は不安で不安で仕方なかった。三万回だぞ三万回。一人頭で割っても一万回だ。一日一回死んでも二十七年ちょっとかかるデスループに、果たして常人の神経で耐えられるとは思えない。あの頃の私は、そんなかわいらしい不安にぷるぷると震えてしまっていた。

結論から言おう。めちゃくちゃ楽しかった。途方もない回数の死に戻りは、私がこれまで経験した何よりも胸が躍る体験だった。

死ぬ、というのは私が思っているよりもずっと簡単なものだった。そもそも夜になれば突然に降ってきた隕石が何もかもをぶっ壊してくれる。その時間に寝ていれば痛みを感じる暇もない。繰り返すほどに徐々に隕石も小さくなってきた気もするが、何千回と死んだくらいでは特に不都合はなかった。

ただ一点、あの時のように昏睡《こんすい》状態で生き残ってしまうことだけが心配だったが、幸か不幸かそういった事態が再発することはなかった。もう何千回も死んでいるので、実際には何度かあったのかもしれない。しかしあの二人は何も言わなかったし、私も強いて聞こうとはしなかった。もしも私が誰かを看取《みと》るような事になったら、その時は何も言わずに役目を果たすつもりだ。

つまるところ、この日々は寝て起きたら何もかもがリセットされるだけのタイムループに過ぎないのだ。何をすればいいかもとうにわかっている。それは私たちがとてつもない時間を持て余していることを意味しており、私たちはすぐにこの長い休暇をどう楽しむかについて白熱の議論を交わした。

私たちがやったことはもっぱら観光だ。まず手始めに、あの日逃げるように訪れた東京の地を再び踏むことにした。日本でもっとも人がいる所、文化と経済の集積点。いかに日付が進まないと言えど見るものは多く、私たちは体感時間にして数ヵ月の時間をかけて隅から隅まで見て回った。

ある日、灰原が是非ともやりたいことがあると言ったので、私たちは三人でスカイツリーに登った。実を言うと、私と日向は以前の観光でスカイツリーに来ていた。なので半分付き合いがてらだったが、やはり何度見てもこの景色は素晴らしいものだ。私たちがそんな風にまったりしていると、あの男はスカイツリーから飛び降りた。

この行動には正直度肝を抜かされた。やりたいことって紐《ひも》なしバンジーかよ。翌朝そう問いただしたところ、彼には文字通り命がけのスリルを楽しむ嗜好があることが判明した。私たちには理解できない高尚な趣味である。その点隕石は楽でいい。こんなに便利な目覚まし時計を手放すことは、私にはできない。

東京観光にも飽きてきたところで、私たちは行動範囲を少しずつ広げていった。東京ディズニーランド。草津温泉。黒部《くろべ》ダム。伏見稲荷大社《ふしみいなりたいしゃ》。ハウステンボス。旭山動物園《あさひやまどうぶつえん》。宮古島。城巡りに遺産巡り。冬の山登りは澄んだ空気が美味《おい》しかったし、冬の海は寒いし何もないしで行ったことを後悔した。釣りもキャンプもたくさんやった。神社巡りをした時は、普段はもっぱら本や漫画を読んで過ごしているサンタクロースも付き合ってくれた。あの女、あれで普段は筋金入りのインドア派なのだ。

本格的に観光に腰を入れはじめると、移動時間の都合で一日だけのループでは物足りなくなってくる。そこでサンタクロースに頼んでみたら、彼女は時間を二日前に巻き戻してくれた。初日で現地に移動して、二日目をループすることで丸一日を観光に費やせる。私たちはこれをセーブポイントの更新と呼んでいた。

これにより私たちのループ生活は更に快適になった。移動に体力を奪われることもなくなったので、余力を使って私は少しずつ勉強なんかにも手を出してみた。あまりにも遊《あそ》び呆《ほう》けてばかりいるせいか、私の中の真面目な部分がお前本当にそれでええんかと騒ぎ出したのだ。灰原と日向は信じられないものを見る目で見ていたが、数ヵ月も続けていると彼らも一緒になって教科書をめくってくれた。正直これは嬉しかった。一人で勉強するのは、少しだけ寂しかったのだ。

ある時私たちは二週間の時間を巻き戻し、パスポートを取得した。そう、いよいよ海外進出の時が来たのだ。セーブポイントを駆使しながら、私たちは世界各国を見て回った。アンテロープ・キャニオン。イエローナイフのオーロラ。ウユニ塩湖。ランペドゥーザ島。ヴァトナヨークトル氷河。マチュ・ピチュ遺跡。アラスカの大自然を三年間かけてゆっくりと見て回った体験は、きっと一生忘れない。

たまには観光を休んで、家で映画や本などを楽しむ文化的活動に没頭したりもした。たまり場になったのは私と日向とサンタクロースが暮らしている二〇四号室。大抵家でお留守番しているサンタクロースは、こういう日は決まって機嫌がいい。

寂しがるなら一緒に来ればいいのにとからかうと、積ん読があと三千冊はあるのだと中々にパンチのあることを言う。それを聞いて、活字をまったく読まない日向と灰原は揃って痙攣《けいれん》を起こしていた。なるほど奴ら、本を読むのは苦手らしい。それを知った私は、半ば以上嫌がらせのつもりで『枕草子《まくらのそうし》』の読み聞かせをしてやった。日向は息も絶え絶えになっていたが、灰原のほうは若干興味深そうに聞いていた。まあ、楽しんでもらえたなら、それはそれで何よりだ。

灰原とサンタクロースの二人は、時々現象の検証に一日を費やしていた。いくつかの誤算といくつかの新発見があったらしいが、詳しいことは聞いていない。ある日サンタクロースは深刻な面持ちで、一人あたりもう二千回死ぬ必要がありそうだと言った。私たちは小躍りして喜んだ。そういう誤算は大歓迎だ。

そんな楽しい毎日も残り千回ほどになった時、私と日向は一つの計画を共謀した。以前からギターを弾きたいと常々思っていたが、ついにそれを実行に移すことにしたのだ。弾きたいと言ってもちょっとやそっとの話ではない。本気で、目的を持って、限界に挑むようにギターをやりたい。いつしか私たちは、あの雨の下で冗談まじりに交わしたハイタッチを、本物にしたいと思うようになっていた。

ありがたいことに、灰原は諸手《もろて》を挙げて賛成してくれた。私たちが夢を持ってくれたことが嬉しいと。そんな風に言われるようなものではないが、気持ちは素直に受け取ることにした。それから彼はこうも言った。

「じゃあ、後はお前ら二人だけでやっていけるな」

灰原は本来彼がいるべき時間に帰るらしい。どうしてだと聞くと、彼は柄にもなく真面目な顔をしていた。

「俺の役目が終わったからだ。これはお前たちの人生で、お前たちの物語なんだよ。本当はここにいないはずの俺がいつまでも出張ってたら、何かの拍子にタイムパラドックスが起きちまうかもしれない。だろ、サンタクロース」

　サンタクロースは迷っていたが、頷いて賛同の意を示した。

「タイムパラドックス自体はどうにかできる程度のリスクだけど……。灰原がそうしたいならそうするべきだと思う。でも、本当にいいの？　君だって、このループを楽しんでいたじゃないか」

「そりゃ楽しいさ。でもな、俺だって若者なんだよ」

　彼の目は期待と希望に満ちていた。どんな時だって、彼はそんな瞳をしていた。

「夕焼と日向は未来に進むことを決めた。だったら、俺だけが過去に留まるわけには行かないだろ。俺は俺の未来に行くよ」

　どんな未来かはこれから探すんだけどなと彼は笑う。

　あまりにも当然で、あまりにもためらいのない決意。踏み出す一歩に微塵たりとも迷いはない。見通しのない未来は、彼にとって不安材料たり得ないようだ。

　敵《かな》わないな、と思った。かっこいい、ともちょっと思った。

　そして彼は彼の時間へと帰っていった。残された私と日向は、今は毎日のようにギターの練習に励んでいる。メジャーデビューなんてまだまだ夢のまた夢だけれど、何かに向かって積み重ねていく日々は、きっと私たちの人生に意味を与えてくれる。

　楽しい日々も、あと三年弱。

後悔のないように、毎日を懸命に死のうと思う。

＊＊＊＊＊

春はあけぼの。やうやう白くなりゆく山際、少し明かりて、紫立ちたる雲の細くたなびきたる。平安時代の歌人、清少納言が記した随筆『枕草子』の冒頭である。

かの歌人が詠んだように、春とはいかにも雅《みやび》なものだ。積もりに積もった長い冬は、春の嵐が切り裂いた。日々はどこまでも平穏に過ぎていき、血みどろな死臭も垣間見える非日常も、すっかりどこ吹く風である。

三月末日のぽかぽか陽気の中、俺こと灰原雅人は、新居目指して雨城の街を歩いていた。

およそ一万回強の死に戻りを楽しんだ俺は、気がつけば今日という日に立っていた。何度も経験した一日であり、これが最初で最後の一日でもある。春の陽気にあくびを一つ。特に気負いをすることもなく、俺はいつものアパートにたどり着いた。慣れた手付きでシリンダー錠に鍵を差し、愛する我が家の扉を開け放つ。

そこに、棗がいた。

「おう、来たか」

「なんでお前がいるんだよ」

「月島に頼んで入れてもらった。悪いか？」

いや、まあ、悪くはないけれども。期待していたものと違うじゃないか。妙な意表を突かないでほしかった。

「一万回の死に戻りお疲れさん。その顔だと、うまくいったみたいだな」

もちろんだ。俺は頷いた。途中いくつかの微修正はあったものの、事は概ね計画通りに運んだと言っていいだろう。

あの日夕焼にドヤ顔で語った理屈の大半は、棗が仮説を立てて月島が計算をしたものだ。俺がやったことはと言えば、白熱する議論を眺めながら茶を淹《い》れることだけだった。これは今初めて明らかになる衝撃の新事実なのだが、実を言うと灰原は難しいことを考えるのが苦手だったりする。

「簡単にこっちの世界のことを教えてやろうと思ってな。まあ座れよ」

棗はいくつかのことを教えてくれた。

まず、過去改変の影響について。月島嬢の望みも虚しく、俺たち三人はこの世界でも同学年であった。やはり我らの友情は永遠にして不滅だ。ズッ友なのである。

それから、棗と月島は改変前の記憶をある程度持っていた。さすがに一万回のデスループの記憶はないようだが、その前に経験した四十回強の巻き戻り以前のことは覚えているらしい。あの記憶を共有する仲間がいることは嬉しく思うが、記憶の混濁は彼らの生活に切実な問題を引き起こしてもいた。

「改変前と改変後の記憶がごっちゃになったせいで、ここんとこ時間感覚が狂いまくってるんだよな。この大学で長いこと過ごした気もするし、これから通いはじめるような気もするし。よくわかんねえわ」

「それって大丈夫なのか？　自分を見失ったりとかしないか？」

「馬鹿言え。見失うような自分がないわ」

オーケー、こいつは俺がよく知ってる棗だ。俺たちはへらへらと笑った。

かくいう俺も中々にめちゃくちゃな記憶をしているが、実を言うとそんなに気にしていない。過去に何があったとしても、俺には明日がやってくるのだ。過去を振り返るのは今じゃなくてもいい。その時が来るまでは、俺は未来を目指し続けよう。

「で。お前が一番気になってることが、これだ」

棗は雑誌を差し出した。数ヵ月前の音楽情報誌だ。付箋《ふせん》がつけられたページをめくると、華々しい見出しで一組のバンドのメジャーデビューを称《たた》える内容が記されていた。

超新星だとか、超絶技巧だとか、超実力派だとか。大仰な言葉をこれでもかと飾り付けられたバンドメンバーの写真には、俺がよく知る人物が二人、心の底から楽しそうな顔で写っているのであった。

「今度近くのライブハウスにも来るらしいぜ。行くか？」

俺はとっさに返事ができなかった。

「泣くなよな」

うるせえよ。

誰かの幸せがこんなに嬉しいなんて、知らなかったんだ。

＊＊＊＊＊

過去改変の影響は予想していた以上に少なかったが、それでも変わってしまったこともあった。

冷然と突きつけられた現実はあまりにも非情で、俺は考えもしなかった悲劇に滂沱《ぼうだ》の涙を流した。こんな残酷な現実があってなるものだろうか。どうにかならないかと祈る気持ちで頭を下げたが、彼女は毅然と首を横に振った。

「そんなことをしても、家賃は変わりませんよ」

一月あたり四万三千円。それが、俺に課せられた天文学的賃料なのである。

確かに今となってはあの部屋は事故物件ではない。だからってこんな仕打ちはあんまりじゃないか。一体俺が何をしたというのだ。これだから資本主義ってやつは嫌いなんだ。

アダム・スミスが生み出した狂気の思想が、ここに来て俺を苦しめていた。

「あのですね、適正価格です。むしろ隣の部屋より二千円安くしてます。これ以上の措置は他の入居者様に白い目で見られてしまいます」

月島はそんなことを言うが、それでも四万三千円は苦しいのだ。これでは灰原の最低限文化的な生活が危ぶまれてしまう。しかし、彼女はこれ以上一歩たりとも譲る気は無いようだった。

「なあ頼むよつっきー。俺たちの仲だろ」

「あまり気安く接すると家賃を上げますよ」

「月島さんってほんまアレっすよね。マジやべーっつーか。実際パねえし、見れば見るほど超イカしてるし。いやもうガチすげえわ。パねえ」

「人里で言葉を学んでから出直してくださる？」

ちくしょう、この女は悪魔だ。

譲歩を引き出すことに失敗し、俺は窮地に立たされた。このままだと毎日もやしをかじって暮らすことになるだろう。早急にバイトを見つけなければ、冗談抜きに生死に関わる。大変に由々しき事態であった。

「まあでも。私はあんまり覚えてないですけど、灰原さんはすごーく頑張ったみたいですし？」

月島はネズミをいたぶる猫のように微笑んだ。

「三ヵ月までなら、待ってあげてもいいですよ」

なんとも嬉しい提案だ。俺は涙を流して喜んだ。ついでに彼女の手も取った。

「五ヵ月でもいいか」

頭をはたかれた。

＊＊＊＊＊

いくらかの出会いと別れと再会を経て、果たして俺の日常は変わらなかった。

なんと言っても大学生。一万回死んだくらいで変われるのなら、俺は俺をやっていない。あの時間で過ごした経験は俺を成長させたのかもしれないが、何がどう変わったかと聞かれると困ってしまう。

まあ、自分でも言った通り、あれはまさしく彼女たちの物語だった。結局のところ俺は脇役《わきやく》だ。『特別』に恵まれない一般人が主役を食うほどの目覚ましい成長を遂げる必要もないだろう。俺の中の小さな変化は、今は慎ましく秘めるとしよう。きっといつか、花咲く日が訪れることを祈って。

そんなタンポポが咲くような日々の中で、俺は再び彼女と出会った。

「やあ」

朝方の、人もまばらな電車の中だった。座席の背もたれに体を預けて睡魔と闘っていた俺の隣に、気づけば彼女は座っていた。

彼女のことは気にしていたが、なにせ素性不明の女である。会えそうな場所を一通り回ってみても、まったくと言っていいほど尻尾《しっぽ》がつかめない。夕焼優希が感じていただろうもどかしさを遅ればせながら実感していたところだった。

「久しぶりだな」

「うん」

彼女は大きなあくびを一つして、眠そうに目をこする。疲れた様子にも見えたが、十分に普段通りの範疇《はんちゅう》だろう。

「何してたんだ？」

「仕事。最近ずっとサボってたから、頑張らなきゃ」

「へえ。まだ春なのに大変だな」

そう、大変なんだよと彼女は言う。口ぶりに反してとても楽しそうだった。きっとそれは、紛れもなく彼女の天職なのだろう。いつになく上機嫌の彼女は、期待半分に俺の顔を覗き込んだ。

「大変なんだよ」

「おう。どうした」

「だから、すっごく大変なんですよ」

「……おう?」

言いたいことがいまいちつかめない。彼女は気恥ずかしそうにはにかんだ。

「よかったら、君も私の仕事を手伝わない?」

それは大変に心ときめく提案だった。

一般人の俺に送られた非日常からの招待状。またとない『特別』そのものだ。この誘いに乗れば、俺は無個性に埋没しない自分になれるかもしれない。しかし俺は、特に間を置くこともなくこう答えた。

「考えとくよ」

彼女の決意と涙と情熱は、俺が一番よく知っている。だからこそ、大した覚悟もないのに彼女の隣に立つことはできない。

結局のところ、俺が命を燃やせたのは彼女たちのためだけであって、大勢のために同じことができるかと問われれば尻込《しりご》みしてしまう。そんな風に迷っているうちはまだ、彼女の手を取る資格はなかった。

「残念。振られちゃった」

「本当だって。ちょうどバイト探してたんだ」

「あー。この仕事、基本的に慈善事業で給料とかは一切ないからなぁ……」

彼女はそんなに残念そうでもない口ぶりだった。俺がこう答えるとわかっていたのかもしれない。

いつか、俺に誰かの幸せを背負えるだけの覚悟ができたなら。その時はこの道を選びたいと思う。それまでは、ただの大学生でいよう。

「それじゃあね。今度は冬に会いましょう」

電車が駅に滑《すべ》り込《こ》むと、彼女は立ち上がった。

「そうか。もう行くのか?」

「うん」

今になって俺はようやく理解した。彼女は、別れを言いに来たのだ。

俺には俺の道があり、彼女には彼女の道がある。一瞬に交差した俺たちの時間は今再び別れ、それぞれの道へと戻っていく。それは俺たちが進み続けると決めたから。止まっていた時間が動き出したからこその、別れだった。

「寂しくなるな」

「いい子にしてたらまた会えるよ」

「俺は寂しい。行かないでくれ」

「そんなこと言ってもダメなものはダメ」

口先だけの引き留めなど何の意味もない。彼女は自信に胸を張ったまま、電車からぴょんと飛び降りた。

「だって私は、幸せをもたらす者《サンタクロース》を名乗ることにしてるんだから」

駅のホームで振り向いたサンタクロースは。

曇り一つない、晴れやかな笑顔だった。

扉は閉じる。俺は電車から降りなかった。車内に残されたのは、どこかから舞い込んだ桜の花びらだけだった。

かくして長いようで短い時間は終わりを告げた。時計の針は回転を止めず、俺たちは取り返しのつかない日々を一歩ずつ進んでいく。きっと色々なことがあるのだろう。燦然と輝く未確定の未来に、俺はめいっぱいの期待を託した。

なぜならば。これから始まる全ての季節は、とびきり楽しいものに違いないのだから。

本書は書き下ろしです。
この物語はフィクションです。実在の人物・団体とは一切関係ありません。

講談社タイガ

〈著者紹介〉

佐藤悪糖（さとう・あくとう）

愛知県生まれ。2018年、第1回「HJネット小説大賞」受賞作『Myrla〈ミルラ〉～VRMMOでやりたいほうだい～』（HJノベルス／悪糖名義）でデビュー。近作に本作と同舞台で紡がれる灰色の青春譚『俺たち青春浪費中、魔法少女と世界を救う。』（レジェンドノベルス）がある。

君《きみ》が笑《わら》うまで死《し》ぬのをやめない

雨《あま》城《ぎ》町《まち》デッドデッド

2021年2月16日　第1刷発行　　定価はカバーに表示してあります

著者……佐《さ》藤《とう》悪《あく》糖《とう》

発行者……渡瀬昌彦

発行所……株式会社 講談社

〒112-8001 東京都文京区音羽2-12-21

編集03-5395-3510

販売03-5395-5817

業務03-5395-3615

本文データ制作……講談社デジタル製作

印刷……豊国印刷株式会社

製本……株式会社国宝社

表紙印刷……豊国印刷株式会社

カバー印刷……株式会社新藤慶昌堂

装丁フォーマット……ムシカゴグラフィクス

本文フォーマット……next door design

ISBN978-4-06-522370-3　N.D.C.913　296p　15cm

魔法少女と世界を救え！
棗と灰原、
もう一つの
青春ストーリー
好評
発売中！
俺たち青春浪費中、
魔法少女と世界を救う。
佐藤悪糖
俺たち青春浪費中、
魔法少女と世界を救う。
佐藤悪糖／著　紙魚丸／画
レジェンドノベルス
エクステンド
講談社

講談社
タイガ

井上真偽

探偵が早すぎる（上）

イラスト
uki

父の死により莫大《ばくだい》な遺産を相続した女子高生の一華《いちか》。その遺産を狙《ねら》い、一族は彼女を事故に見せかけ殺害しようと試みる。一華が唯一信頼する使用人の橋田《はしだ》は、命を救うためにある人物を雇った。それは事件が起こる前にトリックを看破、犯人(未遂)を特定してしまう究極の探偵！　完全犯罪かと思われた計画はなぜ露見した⁉　史上最速で事件を解決、探偵が「人を殺させない」ミステリ誕生！

講談社
タイガ

芹沢政信

吾輩は歌って踊れる猫である

イラスト
丹地陽子

バイトから帰るとベッドに使い古しのモップが鎮座していた。「呪われてしまったの」モップじゃない、猫だ。というか喋《しゃべ》った⁉ ミュージシャンとして活躍していた幼《おさな》馴《な》染《じみ》のモニカは、化け猫の禁《きん》忌《き》に触れてしまったらしい。元に戻る方法はモノノ怪たちの祭典用の曲を作ること。妖怪たちの協力を得て、僕は彼女と音楽を作り始めるが、邪魔は入るしモニカと喧嘩はするし前途は多難で⁉

講談社
タイガ

如月新一

あくまでも探偵は

イラスト
青藤スイ

「森巣《もりす》、君は良い奴なのか？　悪い奴なのか？」平凡な高校生の僕と頭脳明晰《めいせき》、眉目秀麗な優等生・森巣。タイプの違う二人で動物の不審死事件を追いかけるうちに、僕は彼の裏の顔を目撃する。その後も、ネット配信された強盗と隠された暗号、弾き語りする僕に投げ銭された百万円と不審なゾンビ、と不穏な事件が連続。この街に一体何が起こってるんだ⁉　令和の青春ミステリの傑作！

講談社
タイガ

浅倉秋成

失恋の準備をお願いします

イラスト

usi

「あなたとはお付き合いできません――わたし、魔法使いだから」告白を断るため適当な嘘をついてしまった女子高生。しかし彼は、君のためなら魔法界を敵に回しても構わないと、永遠の愛を誓う。フリたい私とめげない彼。異常にモテて人間関係が破綻しそうな男子高生。盗癖のある女子に惹かれる男の子。恋と嘘は絡みあい、やがて町を飲み込む渦になる。ぐるぐる回る伏線だらけの恋物語！

講談社
タイガ

井坂 暁

僕は天国に行けない

イラスト
くっか

「死んだらどうなるのかな、人って」親友の殉《じゅん》にそう聞かれた。俺は何も言えなかった。だって彼は、余命あと数ヶ月で死ぬ。翌日、殉は子供を助けようと溺死《できし》した。謎の少女・灯《ともり》は、これはトリックを用いた自殺だと告げ、俺に捜査を持ちかける。今なら分かる。灯との関係は恋じゃなかった。きっともっと切実だった。生きるために理由が必要な人に贈る、優しく厳しいミステリー。